Robert Lackner

Besser tun

Für mehr Qualität & Moral
in der Politik und Gesellschaft

Autor: Robert Lackner (Texte und Zeichnungen)
r.lackner@h-eureka.com
Website: www.h-eureka.com

Herstellung und Verlag:
Books on Demand GmbH, Norderstedt
ISBN 978-3-8391-8020-4

Anständig, verantwortungsvoll und gewissenhaft handeln,
Zusagen einhalten bzw. Erwartungen erfüllen oder übertreffen –
das sind bestimmende Vorgehensweisen,
sowohl für Qualität als auch für Moral.

Ohne Verlässlichkeit, Fairness und Gerechtigkeit,
gibt es weder Qualität noch Moral.

Schlechte Qualität bedeutet, Vertrauen missachten
und Vertrauen enttäuschen ist unmoralisch.

Inhalt

Vorwort

Besser statt mehr. Es besser zu machen wird der bessere Weg in die Zukunft sein – in der Politik und Gesellschaft, im Großen und im Kleinen, im Alltag und im Miteinander.
Wo es mangelt und was gut täte, das steht auf den folgenden Seiten. Direkt, kritisch, bissig, empört und mit Fakten – aber auch subjektiv, denn, wenn es nur eine einzige Wahrheit gäbe, könnte man nicht hundert Bilder über dasselbe Thema malen, sagte auch Pablo Picasso.

Besser machen bedeutet in bestimmten Situationen unter anderem, es erwartungsgerechter, wirkungsvoller, klüger, anständiger, fairer, gerechter, lieber, maßvoller, nachhaltiger, respektvoller tun.

Im Anhang dieses Buches gibt es Daten und Fakten, welche nach einem Bessermachen schreien.

Diese Herausforderungen zu meistern, darum geht es.

Es würde sich lohnen, denn unsere Erde kann so unglaublich schön sein, herrliche Landschaften, faszinierende Natur, grandioses und geniales Menschenwerk. Und mit mehr Qualität und Moral in der Politik und Gesellschaft könnten viel mehr Menschen daran teilhaben.

Es liegt vorwiegend in Menschenhand. Das beweisen glücklicherweise viele Beispiele von anständigen, klugen und fleißigen Menschen. Und von Menschen, welche ihr Leben würdevoll meistern, obwohl das Schicksal es nicht gut mit ihnen meinte.

Qualität & Moral & Vernunft in der Politik und Gesellschaft

Politik & Qualität

Gesagt ist nicht gehört. Gehört ist nicht verstanden. Verstanden ist nicht einverstanden. Das sind Worte von Konrad Lorenz, deren Richtigkeit tagtäglich erlebt werden kann.

Wenn man beispielsweise die Redeschlachten im parlamentarischen Selbstdarstellungstheater und in der landauf, landab gängigen politischen Diskussion verfolgt, dann kommt es gar nicht erst zum Hören. Die Schallwellen der einen reichen in der Regel gerade für einen geraden Weg von einem Ohr zum anderen – bei einem rein, beim anderen raus, ohne die Mühen über das Gehirn einzuschlagen.

„In keiner Sprache kann man sich so schwer verständigen, wie in der Sprache" sagte Karl Kraus und „Der Unterschied zwischen dem richtigen und einem beinahe richtigen Wort ist derselbe, wie der zwischen dem Blitz und einem Glühwürmchen" ist eine Aussage von Mark Twain.

Und zu diesen Dilemmas kommen noch Eitelkeiten, Egoismus, Machtgelüste, Geltungssucht, ...

Was soll dabei herauskommen?

In diesem Schlamassel werden Positionen, welche sich objektiv kaum unterscheiden zu grausamen Streitthemen und verkommen zur rein rhetorischen Akrobatik. Diese Form der Problemlösung mag früher funktioniert haben – in den Zeiten, wo es nicht so aufgefallen ist, weil es genug zum Verschwenden (der Zukunft) gab. Da glaubte man, sich Ineffektivität leisten zu können.

Heute gibt es diese Spielräume nicht mehr. Die Zukunft hat nichts mehr zum Verschwenden, sie ächzt und stöhnt von den Schuldenbergen auf ihren Schultern.

Die Qualität heutiger Politik wird nicht reichen, um die komplexen Aufgaben, mit denen die Menschheit in Zukunft konfrontiert sein wird, effektiv zu lösen.
Beispielsweise, bei den großen Themen, um den Hunger und das Leiden auf der Welt und die Bedrohungen für die Lebensräume wirksam zu bekämpfen, eine auf natürlichen Ressourcen ausgerichtete, überregionale Energieerzeugung und -verteilung zu schaffen, ein effektives Verwaltungs-, Gesundheits- und Ausbildungssystem zu planen und umzusetzen und um die Herausforderungen "Arbeit für alle", "intakte Umwelt für unsere Enkel und Urenkel" und "Lebensqualität im Alter" (aufgrund einer glücklicherweise längeren Lebenszeit) zu meistern.

Geisteshaltungen, wie „Heiliger Florian verschon unser Haus, zünd´s andere an" und Bauchentscheidungen werden bei diesen Herausforderungen nicht genügen.

Die Demokratie ist das Schlechteste aller Systeme, mit Ausnahme aller anderen Systeme beklagte Winston Churchill mit der Bemerkung "Ein fünfminütiges Gespräch mit einem durchschnittlichen Wähler genügt um die Nachteile der Demokratie zu kennen."

Vielleicht sehr spitz formuliert, aber eines ist unübersehbar: Wenn Parteien bzw. Interessensgruppen bestimmen, ist dieses Diktat öfters als wünschenswert eine für die Gesamtheit betrachtet, die wenig bessere Lösung.

Die Ausrichtung der Entscheider nach dem Gefallen der eigenen Anhängerschaft erfolgt zu häufig wider besseres Wissen, ohne Vision und ohne Rückgrat.

Die ideologischen Unterschiede in der Parteienlandschaft von links nach rechts – mehr oder weniger Staat, Freiheit, Umweltschutz, Datenschutz, ... – beeinflussen die Sichtweisen über die Wege zu einem Ziel. Alle mögen ihre Berechtigung haben bzw. gehabt haben. Manche sind Hinterlassenschaften aus vergangenen Zeiten.

Aber darauf sollte man sich einigen können: Umfassend betrachtet gibt es bessere und schlechtere Lösungen, als Saldo der Vor- und Nachteile in einem gemeinsamen Lebensraum. Und wer könnte dann mit gutem Gewissen etwas gegen die besseren Lösungen haben?

Und, wenn man für die bessere Lösung ist, dann muss, als Konsequenz, die eigene Position zurücktreten. Wenn nicht, dann schadet das dem Ganzen.

Da die Zukunft weniger schlechte Lösungen aushalten kann, wird ein System benötigt, das Durchschnittslösungen, Doppelgleisigkeiten, Verschwendung, Unsinniges, nutzlose Arbeitsbeschaffung verhindert. Und auch falsch verstandenen Föderalismus, kleinkariertes Besitzdenken und die Befriedung persönlicher Befindlichkeiten.

Die Zukunft wird auch weniger Wichtigtuer mit Parteisprechblabla vertragen – Lokalfürsten, welche ihre Profilierungsspielwiesen pflegen und Volksvertreter, welche ihr Dasein mit selbst gebastelten Agendas legitimieren.

Man stelle sich vor, in einem Unternehmen würde so gefuhrwerkt werden. Schönreden und verteidigen der eigenen Ideen und Vorschläge und reflexartiges Schlechtreden und Ablehnen aller Vorschläge von Kollegen. Die eine Gruppe möchte A und die andere B. Als Kompromiss wird dann Nichts oder irgendetwas zwischen C und Z ausgefeilscht. Ohne messbare Ziele. Ohne Prioritäten. Keine Rede von "Das Wichtigste zuerst tun".

Ohne systematische Analyse über die Beziehungen von Ursachen und Wirkung. Ohne Maßnahmenplan WER, WAS, BIS WANN. Und ohne Fortschrittskontrolle. Aber mit wortreichen Reden und Gegenreden, bei denen die jeweilige Gruppe dem eigenen Redner euphorisch zuklatscht und alles Andere mit Teilnahmslosigkeit oder Verhöhnung quittiert.

Doch, bevor die falschen Schlüsse gezogen werden: **Es gibt nichts Besseres**, zumindest als System. Da gibt es weit schlechtere Vorgehensweisen – beispielsweise die wahnsinniger Führer oder das Werfen von Münzen.

Daher: **Die Qualität der Demokratie und der Politik muss besser werden.** Die Demokratie benötigt bessere Spielregeln und andere Formen der Kommunikation und professionelle Werkzeuge für die Lösung von Problemen.

Beides gibt es: millionenfach erprobte Methoden und Visualisierungstechniken um die Aufgaben und Probleme besprechbar zu machen und damit zu den Ursachen und in der Folge zu den Lösungen zu kommen – und die Erkenntnisse zur erfolgreichen Problemlösung in gruppendynamischen Prozessen.

Wie einfach logisch könnte es sein: zuerst eine objektive Sicht auf Vergangenheit und Gegenwart auf der Grundlage von Daten und Fakten, deren Quellen und Signifikanz bekannt und unbestritten sind. Dann die Ziele mit Prioritäten (Zielhierarchie) für die Zukunft formulieren und dabei eventuelle Zielkonflikte beachten (Ziele, welche sich gegenseitig beeinflussen, positiv oder im negativ, wie beispielsweise (Innovationen/Investitionen und Schuldenabbau oder Informationssysteme und Datenschutz).

Danach folgt eine professionelle Analyse über die Differenz zwischen dem Ist und dem Ziel, das Feststellen der Ursachenfelder, der Haupt- und Nebenursachen. Und auf dieser Grundlage die Suche der geeigneten Maßnahmen und die laufende Kontrolle und eventuell Korrektur um die Ziele zu erreichen.

Fazit: Mit Überschriften und Vereinfachung lassen sich komplexe Zusammenhänge nicht kommunizieren. Die moderne Demokratie braucht für die Lösung der Aufgaben mehr Sachlichkeit und Professionalität und Regierungsteams mit Persönlichkeiten, die neben sozialen und fachlichen Fähigkeiten auch Kraft und Rückgrat für unpopuläre aber notwendige Maßnahmen besitzen und diese auch erklären können.

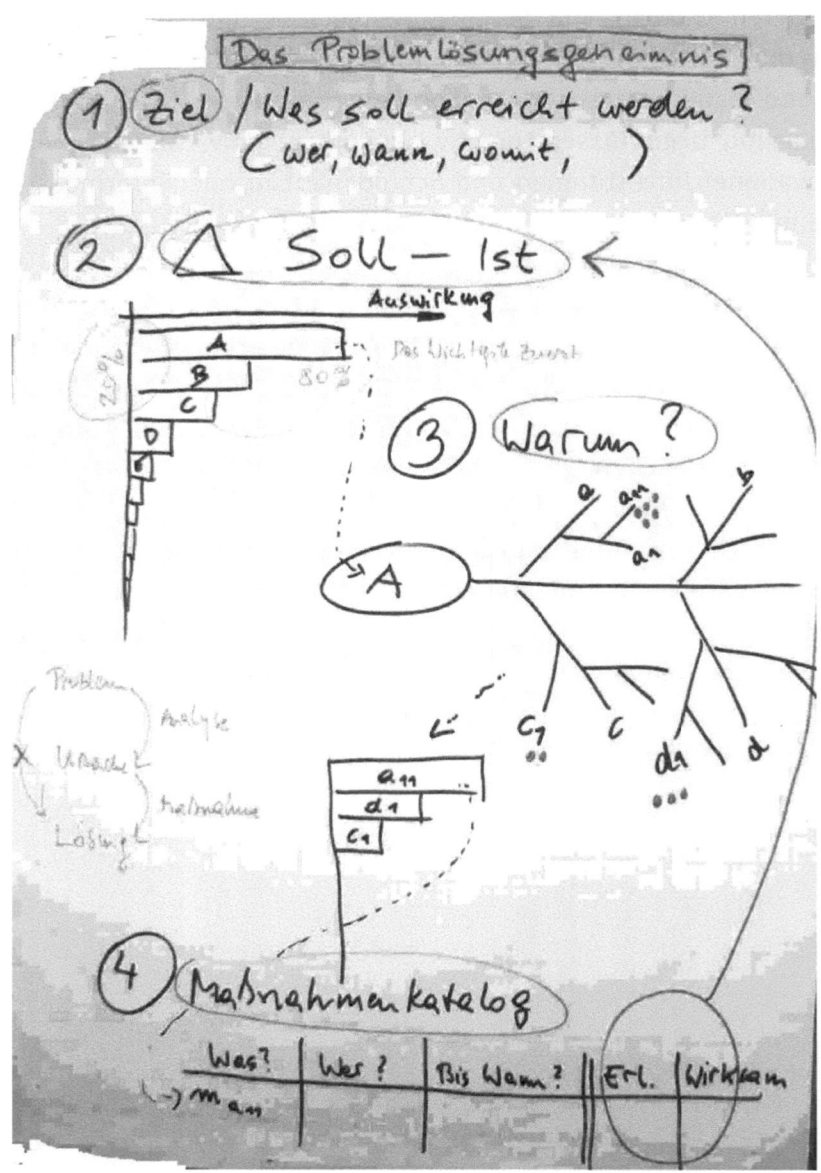

Die "2 Reisen" im Problemlösungsprozess:

1. die **Analyse** (Diagnose) vom Problem zur Ursache (Schritte 1-3) und
2. die **Maßnahme** (Therapie) von der Ursache zur Lösung (4a,b,c)

Schritt 1: Ziele setzen. Was soll wann erreicht werden?

Beispiel: Das PISA-Ranking soll deutlich verbessert werden. In 3 Jahren soll ein Platz unter den besten 5 Nationen erreicht werden.

Schritt 2: Probleme, Abweichungen feststellen. Welche Probleme (A, B, C, D,...) sind für die Abweichung vom Soll (Ziel) verantwortlich?

Reihung der Probleme nach dem Grad der Auswirkung.
Anmerkung: Das „Pareto-Prinzip" beachten. → 20% der Abweichungen bewirken 80% der Wirkung. Regel: Das Wichtigste (nicht das Häufigste) zuerst!

Beispiel: Die größte Abweichung gibt es beim „Sinn erfassenden Lesen" (A-Problem)

Schritt 3: Warum treten die Probleme (A, ...) auf?
Tipp: Frage mehrmals nach dem „**Warum**" (um die wirkliche Ursache zu finden)
Mögliche Methode für die Ursachenfindung:
- Brainstorming in einer Expertengruppe
- Gliederung der Ursachen und visuelle Darstellung (Fischgrätendia-gramm, Ishikawa-Diagramm)
- Priorisierung der Ursachen nach dem Einfluss auf das Problem (mittels Punktebewertung der Expertengruppe, Berechnungen, Befragungen, Versuche).

Beispiel:
Es fehlt ein Ausbildungsstandard für „Sinn erfassendes Lesen" in den Grundschulen (Volksschulen).
Die Direktoren werden nicht für die Ausbildungsqualität der von ihnen geführten Schule beurteilt.
Den Direktoren fehlt der Handlungsspielraum um ihrer Verantwortung gerecht zu werden.
Allgemeine Mängel in der Wissensvermittlung/Wissensentwicklung: Lernpädagogischer Stufenplan (auf Basiswissen aufbauend, „vom Groben zum Detail", „fit für die nächste Stufe") und Prioritäten fehlen.
...

Schritt 4a: Festlegung der Maßnahmen für die einflussreichsten Ursachen: Wer macht was bis wann?

Beispiel:
Was: Ausbildungsstandards und Lehrmethodik für „Sinn erfassendes Lesen" für die Volksschulen festlegen.
Wer: Ministerium, Minister Bis Wann: 15. März 2012
Allgemein: Was: Lernbereiche mit Leistungsevaluierung für die aufbauenden Lernabschnitte statt Jahresbeurteilung im Klassensystem.
Wer: Direktoren Bis wann: Schuljahr 2012/13
...

Schritt 4b: laufende Erledigungskontrolle. Wurden die geplanten Maßnahmen durchgeführt?

Schritt 4c: Kontrolle der Wirksamkeit. Ist das Problem, die Aufgabe gelöst? Wenn nicht oder nur teilweise: retour zu Schritt 2.

Wir sind doch die Besten

Lieber Karl-Heinz,

stell dir vor, die OECD berichtet über die Kinder- und Jugend-
gesundheit: Angeblich leben unsere Kinder am ungesündesten,
rauchen mehr als in anderen Ländern und beginnen früher Alkohol zu
trinken.

Negativrekord. Letzte Stelle unter 21 OECD-Staaten!

Ein Viertel der Kinder haben Gewalterfahrungen und ein Fünftel Übergewicht, Essstörungen, chronische Entwicklungs- und psychosoziale
Störungen.
Wie kann das sein, wo sich doch **alle die Haxen ausreißen**, die Politiker
inklusive? Seit Jahrzehnten kämpfen sie bis zur Selbstaufgabe kreativ,
mit Sachverstand und zielorientiert für das **beste Gesundheitssystem**,
das **beste Sozialsystem**, das **beste Beschäftigungsprogramm** und überhaupt.

Aber diese Statistiken kennen wir ja schon. Wieder eine, wie das „Pro-
gramme for International Student Assessment". Da wird behauptet
unsere Kinder verstehen nicht was sie lesen, wenn sie es überhaupt
lesen können. Und dafür sollen sie auch nicht rechnen können. Unglaublich, wo sich doch auch hier alle rund um die Uhr ins Zeug legen,
für das beste Schulsystem.

Das kann doch nur ein **Irrtum** sein oder eine **Statistiklüge**. Denn wie sonst könnten wir dann die Welt erobern, wie es beispielsweise unsere tüchtigen, kreativen, nachhaltig agierenden und lebensbereichernden Innovationsgiganten und Exportaushängeschilder mit Spielhöllensuchtmaschinen oder Flügelverleihdosensäften tun?

Und, der Leidensstatistiken kein Ende. Da will eine auch noch unsere soziale Ader schlecht reden und uns unseren selbst verliehenen Spendenweltmeister wegnehmen, bloß weil in anderen Ländern mehr für die Armen gespendet wird.

Zum Glück bleiben uns noch die Erfolge unserer Brettelakrobaten. Auch wenn andere Raser unseren Konzernartisten immer wieder die Medaillen wegschnappen. Beispielsweise ein Familienbetrieb vom Balkan, aus einem Land mit donaumonarchischer Vergangenheit.
Aber auch in anderen Fällen können wir mit aller gebotenen Bescheidenheit darauf hinweisen, dass es wenige Sieger gibt, welche ihre Erfolge nicht der Tatsache zu verdanken haben, dass sich bei ausreichend hartnäckiger Betrachtung der Umstände in irgendeiner Weise Erfolg fördernde Berührungspunkte mit uns oder mit unserer Vergangenheit finden ließen.

Darauf können wir doch stolz sein und uns zufrieden zurücklehnen.

Ist also doch nicht so schlimm – oder, was meinst du?
Wie geht es bei euch?

Liebe Grüße
Dein Franzl

Klug und fair

Effizienz kann sehr vernünftig sein. Aber: Ineffizient das richtige Tun ist viel gescheiter, als effizient das Falsche. Je effizienter das Wichtige getan wird, desto wirksamer (richtiger) – je ineffizienter das Falsche, desto sinnloser. Es ist also klug ist, das Wichtige richtig zu tun.

Es kann also nicht falsch sein, die großen Themen/Herausforderungen anzupacken und dies klug und fair zu tun. Klug, wenn es langfristig betrachtet Nutzen bringt und fair, wenn es gerecht (gegenüber allen Lebewesen – heute und in der Zukunft) ist.

Wenn man dann das Menschenwerk an Klugheit und Fairness misst, warum ...

- völlern dann die einen und die anderen verrecken, weil sie nichts zu essen haben?
- werden Menschen vertrieben, gequält und ermordet?
- müssen Tiere in Massenhaltung leiden?
- werden die begrenzt vorhandenen Ressourcen vergeudet?
- wird die Umwelt zerstört?
- können Finanztransaktionsspekulanten die Welt in Geiselhaft nehmen?
- verschwendet eine selbstgefällige Bürokratie das Geld von Steuerzahlern?
  ...

Dafür sind nicht geheimnisvolle, böse Kräfte verantwortlich, es ist Menschenwerk, nichts anderes: **dumm und unfair.**

Innovation – damit es uns gut geht

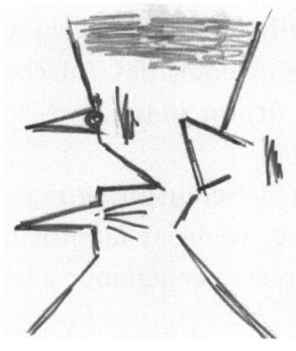

Innovationen beleben die Wirtschaft. Der Umsatz freut sich über fantasievolle Blähbauchreduzierjoghurts, kreative Anti-Aging-Pillen, Laubsauger und Turboderivatzertifikate zum Leerverkaufbonus. Sie alle buhlen um die Gunst der Zeitgeistkonsumler und haben die Massel, dass es so viele davon gibt, welche sich für ihr (oder anderer) Geld mit all diesen Bereicherungen das Leben entlangweilen.

Lachen sie jetzt nicht – lesen, schauen, hören sie Werbung. Dann wissen sie, eine umfassende Aufzählung der Innovationen aus den Denkstätten der Konzerne würde auf keiner Klopapierrolle Platz finden. Nur destruktive Miesmacher meinen dazu, es geht bei 99 Prozent der Innovationen nicht um irgendeinen Nutzen für den Verbraucher, sondern um Boni der Konzernmanager, um innovative Marketingschmähs, um Täuschung und Irreführung durch Vorgaukeln irgendwelcher obskurer Mehrwerte. Und, die wirklichen Innovationen der letzten 100 Jahre könnte man mit den Fingern von vier Händen aufzählen. Gut und gerne, der große Rest wäre weitgehend unnützer Klamauk.

Gut, dass diese Miesmacher in der Minderheit sind. Andererseits müsste man sich große Sorgen um das Wachstum und um unseren Wohlstand machen.

Für den Wohlstand gibt es da noch die Globalinnovationen, die Neuseelandäpfel, Irlandbutter, Flaschenwasser aus Weitweg, Kanadatomaten, Andenpflaumen, Bio-Birnen aus Argentinien, Südafrikatrauben. Und noch viele Hunderte dieser Wachstumstreiber.

24

Natürlich gibt es auch hierzu Meckereien von Lokalpredigern, welche sich darüber mokieren, dass diese Produkte eine Fernreise um die halbe Welt machen und diese kompromisslos verdrecken und dabei lärmen und stinken – und, dass diese Produkte keiner braucht. Die Nörgler behaupten auch gerne, dass ein klassisches Frühstück bereits 10.000 Kilometer und mehr hinter sich haben kann, bevor es am Frühstückstisch landet.

Was sie dabei außer Acht lassen, sind die Arbeitsplätze in der Ferne und beim Transport. Dabei geht es nur um Solidarität mit anderen Kulturen.

Und da wären noch die Events, sogenannte Ereignisinnovationen. Überall einsetzbar, im Kindergarten, in der Schule, beim Sport, bei der Hochzeit, bei der Scheidung, im Sport, bei Reisen, im Tourismus, im Stadtmarketing, in der Gastronomie, bei Festen aller Art, bei Kunst und Kultur, in den Medien, bei Messen und bei der Ernährung.
Firmenjubiläum oder Straßenwettkampf im Weihnachtsbaumweitwerfen – ohne Eventprofis geht gar nichts.

Aber natürlich gibt es auch hier die Besserwisser. Sie reden von Schnickschnack und Halligalli bis zum Umkippen. Vieles sei so blödsinnig wie Kopfstandunterwasserschach, beleuchtet mit Unterwasserspotlights, welche im Gegrölerhythmus flackern. Und diese Gscheiterln sind kaum vom Gegenteil zu überzeugen, obwohl viele dieser Events garantiert umweltfreundlich und solarbetrieben organisiert werden. Alles natürlich, umweltschonend, Bio und zertifiziert.

Damit es uns allen besser geht.

Macht und Korruption ...

... ist wie Licht und Motten. Je mehr, desto reichlicher. Es ist immer
wieder festzustellen: Das Niveau der Korruption steigt mit dem Volumen der Möglichkeiten und sinkt, je höher der Anstand und je klarer
das Regelwerk innerhalb einer Gesellschaft ist. Und mit der Höhe steigt
die Bedrohung für die vorwiegend Unbeteiligten. Dieser Umstand lässt
sich mit der (allgemeingültigen) Bedrohungsformel (© h-eureka) be-
schreiben:

Grad der Bedrohung (Korruptionsgrad) =
Summe der Möglichkeiten / Anstand x Qualität der Regeln

Auch am Finanzmarkt kann die Gültigkeit der Formel überprüft werden:
Das Volumen der Spekulationsinnovationen (Leerverkäufe, Derivate) mit
fossilen Bodenschätzen, Nahrungsmitteln, Währungen, Staatsanleihen
und Aktien ist in den letzten Jahren explodiert und übertrifft in der
Dimension das Weltwirtschaftsniveau um Faktoren. Und das Anstandsniveau ist im Sinkflug. Die Gründe liegen im Auseinanderdriften von
Arm und Reich und im Zeitgeist: Maßlosigkeit und Egoismus liegen im
Trend. Außerdem gibt es die Wechselwirkung: je größer die Versu-
chung, desto geringer die Moral. Und die Anstrengungen (?), den
weitgehend ungeregelten Finanzmarkt an die Kandare zu nehmen sind
bis dato wirkungslos.

Da ist es unschwer auszurechnen: Das Bedrohungspotenzial hat sich
innerhalb eines kurzen Zeitraums vervielfacht.
Aber es sollte relativ einfach sein, die Malaise in den Griff zu bekommen. Da es lange braucht um beim Anstand weiter zu kommen,
müssen beinharte Regeln her - und/oder weniger Macht. Je mieser das
Anstandsniveau, umso rigoroser müssen die Regeln sein.

26

Korruptionssumpf in der Alpenrepublik

Beim Getöse in den Medien über korrupte Typen könnte man sich schon manchmal bei der Schlitzohrigkeit der Halunken auf die Schenkel klopfen, wenn´s nicht zum Heulen wär´. Und erst die vorgetäuschte Aufregung ist herzzerreißend – macht es doch glauben, dass gerade das jetzt, ein besonderer Einzelfall wäre.

Dabei hat es jeder halbwegs wache Beobachter mitbekommen, Kumpanei und andere Gaunereien sind eher die Regel – Ehrlichkeit und Respekt Restposten für museumsreife Wertler*).

Gut möglich, dass Historiker in hundert Jahren vom Zeitalter der Gretzn*), der Hodalumpen*) und Hallodris*) schreiben werden. Über eine Epoche besonders gefinkelter Schlitzohrenumtriebigkeit.

„Wos woar denn eigentli mei Leistung fia de Mille?" „Du, i was a net, aber des is part of our game."

Pubertäres Affentheater, rundherum: Auch wenn die Krone der Schöpfung im Nadelstreif steckt, sein Habitus bleibt auf Kindergartenniveau – bloß verlogener, gefinkelter, brutaler.

Nicht genug der Haxelsteller*), fuhrwerken da noch die Egoidioten*) mit kleinkariertem Gezänk. Überdentischzieher*), Engstirnler*), Schmarotzer*) und Protzer*) sind dabei, die Macht zu übernehmen. Es scheint so, als hätten sie sich an den entscheidenden Schalthebeln eingenistet.

Oder war es immer schon so, nur ein bisschen greifbarer, durchsichtiger, gemütlicher?

Liegt es an der Aufmerksamkeit der Medien, für die die Lumpen attraktivere Quoten- und Profitbringer sind, als die Wertler*)?

Wahrscheinlich ist es beides.

Jedenfalls – vielleicht wär´s gescheiter, vorbeugend etwas gegen den Lumpenfilz zu tun, als diesen nachher zu bejammern. Antworten auf das Zauberwörtchen „warum" könnten Wunder wirken.

Warum sind Bescheidenheit, Respekt, Anstand, Ehrlichkeit, ... Auslaufmodelle in unserer Gesellschaft?

Und dabei kann keiner erzählen, dass es so sein muss, weil der Mensch eben so ist, wie er ist.

Dagegen etwas tun, könnte man wollen.

*)
Charakterprofile

Egoidioten kennen weder Vorsicht noch Rücksicht und sind nicht zu übersehen und/oder zu überhören. Es ist ein Übermaß an Selbstgefälligkeit, Geltungssucht und geistiger Beschränktheit das Egoidioten unverwechselbar macht.

Engstirnler haben ein eingeschränktes Denkfeld. Die Akrobatik der Grundrechnungsarten ist ihnen eine unüberwindbare Hürde. In der Regel haben sie keine Vorstellung, ob es sich um Zehn, Millionen oder Milliarden handelt. Das ist alles nicht so wesentlich. Wichtig ist ihnen zu wissen, dass der Zwergpinscher von D-Promi XY violette Knieschützer mit hellgrünen Flecken hat.

Gretzn (Kretzn) sind bösartige Mischungen aus Hodalumpen und Hallodris. Ihr schamloses Wirken reicht vom Luftschlossverkaufen bis zum Halsabschneiden. Gretzn sinnieren mit Begeisterung an allen möglichen Haxelstellervarianten und pfeifen sich um gar nichts. Die größte Freud macht es ihnen, wenn andere ob ihrer Dreistigkeiten blöd dreinschauen. Je blöder, je besser.

Hodalumpen, in manchen Gegenden auch Habenichts oder Taugenichts genannt, sind hinterlistige, pfiffige und ausgekochte Gesellen: Gerissen und geschickt aber im Allgemeinen nicht übermäßig bösartig und betrügerisch.

Hallodris lieben den leichtfüßigen, lockeren und unberechenbaren Umgang mit Geld - vorwiegend fremden. Der Volksmund bezeichnet die Hallodris manchmal als windige Hunde. Diese oft als Lebenskünstler getarnten Narren lassen sich mit unzeitgemäßen Gedanken, dass etwa Schulden zurückgezahlt werden müssen, den Tag nicht vermiesen.

Haxelsteller sind Meister in der Kunst des Täuschens und schlagen zu, wenn die Gutgläubigen in der Falle sitzen. Haxelsteller sind enge Verwandte der Gretzn.

Protzer sind großspurige Wichtigtuer und Meister im Effekthaschen. Sie sind die Besten, Tüchtigsten, Schnellsten, Aufmerksamsten, ... – auch dann, wenn es sich um Luftschlösser handelt. Sie schlagen so viel geschwätzigen Schaum, dass den Zwangsbeglückten die Worte im Hals stecken bleiben.

Schmarotzer (Mitesser) sind faule Lebewesen, die für die eigene Entwicklung bzw. das eigene Fortkommen vom Geld und/oder von der Arbeit anderer leben. Je nach Art können sie für den Wirt harmlos sein, ihn schädigen oder aber zu dessen Tod bzw. Absterben führen.
„Wir können die Vorstellung nicht zurückweisen, dass in der menschlichen Gesellschaft ein Individuum, das, ohne selbst etwas Nützliches zu leisten, nur auf Kosten Anderer leben will, das seine Existenz nur erhält, indem es die Existenz anderer beeinträchtigt, ein schädliches, jedenfalls widriges Wesen sei. Schmarotzer in der menschlichen Gesellschaft lassen neben niederer Gesinnung öfters auch niedrige Begabung erkennen, bei den Schmarotzern in der Natur kann letzteres Moment vorhanden sein oder nicht." (Maximilian Perty, Entomologe und Naturphilosoph, 1869)

Wertler kennen ihre Grenzen und bemühen sich um das richtige Maß. Sie krümmen ihre Rücken, fordern ihre Gehirnzellen und bemühen sich bescheiden, respektvoll, initiativ, neugierig und gerecht zu sein. Die Allesgeber unter den Wertlern fragen nicht nach dem ROI*, wenn sie ihr letztes Hemd für andere ausziehen. Sie helfen mit allem was sie haben.

Sie dehnen ihre Sehnen, machen sich die Hände dreckig, geben ihr Geld und grübeln und überlegen, wie sie anderen in deren Not beistehen können. Die Frage „Wo bekomme ich meinen Einsatz zurück?" kommt ihnen nicht in den Sinn, außer vielleicht im Supermarkt, wenn es um Getränkeflaschen geht. Und da auch nur um den Einsatz an die Bittsteller vor den Eingängen weiterzugeben. Diese Geber machen manches gut, was viele Charakterlose hinterlassen. Dass es sie gibt, dafür dürfen sich die Erdenbürger glücklich schätzen – würde doch die Welt weit düsterer sein, als sie ist.

(* Return On Investment = Anlagenrendite, Ergebnis / Erfolg einer Investition)

Zeitgeistkonsumler lassen sich auch nicht von nutzlosem Klumpert abschrecken. Eine Wohlfühlhochstimmung stellt sich erst ein, wenn sie alles haben, was zu schmecken, riechen, sehen, hören und fühlen ist und somit möglichst viele Sinne und Körperorgane gleichzeitig beschäftigt. Und das immer. Für sie gibt es kein Krimskrams, das es nicht wert ist, besitzt zu werden.

Zeitgeist im Alltag

Geltungsbedürfnis

Man sieht es ihm nicht an, wenn er so dasteht. Gar nicht eitel, bescheiden könnte man meinen. Lediglich seine Farbe hat etwas von Aufmüpfigkeit. Aber, wenn er beabsichtigt sich zu bewegen, dann ist Schluss mit der Zurückhaltung. Dann dröhnt und poltert es, dass im Ort die Bilder an den Wänden klappern. Nun wissen alle, dass er etwas vorhat. Er möchte sich bewegen und alle im Land sollen sich mit ihm erfreuen.

Wer jemals hinter den Abgasröhren eines Formel1-Boliden beim Start für ein Imkreisfahren, beispielsweise im Autodrom von Monza, gestanden ist, ahnt in etwa, was da vor sich geht. Und dieser Ohrenschmaus wird nun zelebriert, bis er gemächlich in Bewegung kommt. Da wird angerollt – majestätisch, würdevoll und sehr bedächtig die Spannung aufgebaut, welche sich dann plötzlich entlädt: ein Gebrülle der Extraklasse, dass im Umkreis die Fensterläden krachen und es Zwei- und Vierbeinern im Land die Ohren anlegt. Von jetzt an dürfen alle am Bewegungsdrang teilhaben und die Hetze im Dorf mitverfolgen.

Auf seinen Ruheplatz – unmittelbar vor dem Kindergarten – ist das rote Auto mächtig stolz. Hier leistet er für Egoentwicklung der Kleinen einen wertvollen Beitrag, frei nach der Psycho-Weisheit „Lärm ich, also bin ich" und „Was Hänschen tut erfahren, prägt Hans noch nach Jahren".

Bei so viel Vorbild kommen Rothäubchen die Tränen, es schwellt die Brust und macht ihn rasend vor Glück.

Multiplikationseffekt

Vom Multiplikationseffekt spricht man gerne, wenn ein verhältnismäßig kleiner Anstoß eine überproportional große Wirkung entfaltet. Keine Erfindung unserer Zeit – bereits in der Antike ist von Archimedes das Zitat überliefert: „Gebt mir einen festen Punkt im All, und ich werde die Welt aus den Angeln heben."

Manche Experten sprechen dabei auch von Hebelwirkung. In der Physik und Technik ist ein Hebel ein mechanischer Kraftwandler. Für Neugierige sei dabei auf das Hebelgesetz verwiesen. „Kleiner Preis, großer Wert", eine segensreiche Erkenntnis für den zielstrebigen Menschen.

Auch beim Geld und beim Ego haben pfiffige Individualisten die Meriten des Multiplikationseffektes entdeckt.

Hier folgt er der Maxime „Wenig Saat, reiche Ernte". Beim Geld etwa, wenn die Renditenzauberer und Hebeljongleure in den Kapitalmarktkasinos genügend Opfer gesammelt haben und die Gaudi im Blasenplatzer endet – mit einem kleinen Grüppchen verschmitzt grinsender Profiteure und Legionen von Blöddreinschauern.

Und auch den Ego suchenden kann der Multiplikationseffekt dienlich sein. Unter anderem, wenn Ego1 sein Selbst mit der Facebook-Nachricht „Ich habe soeben eine Banane gegessen" verwirklichen möchte. Da Ego1 zehn Freunde hat und diese wiederum je Zehn, dürfen nun innerhalb weniger Sekunden 100 Gesichtsbüchler die bewegende Nachricht vom Bananenverzehr erfahren.

Nun sind dann mindestens 10 von den 100 derart aus dem Häuschen, dass sie dieses Ereignis wiederum ihren Freunden nicht vorenthalten können. „Mir gefällt das" heißt die Multiplikationsformel. So kann es dann schon vorkommen, dass sich die Nachricht vom Bananenfresser über den Erdball ausbreitet und die Aktienkurse der Bananenschachtel-lieferanten in schwindelnde Höhen taumeln.

Oder, wenn Ego2 sein Selbst, mit dem Motto "Lärm ich, bin ich" aufpolieren möchte und mit Poltergedröhne auf zwei Rädern, mit der Blechkistendisco oder mit anderen Motorkreationen durch die Lande lärmt.

Für einen wirksamen Multiplikationseffekt gilt nun: Je größer der Ort, je mehr Menschen dürfen dieses Erlebnis teilen.

Einer lärmt, Hunderte dürfen mitlauschen: Ihr Blutdruck steigt, die Pupillen werden neugieriger und die Atem- und Herzfrequenz erreicht Spitzenwerte. Und für Schwerhörige gibt´s immerhin noch die Tassen, welche auf den Tischen hüpfen.

Einige Miesmacher finden das weniger lustig. Diesen Anfängen sollte entschieden widersprochen werden. Denn was wäre der Mensch ohne die Segnungen progressiver Eskalation?

Nebenan

Fortschrittliche Anrainer haben einen Schwimmteich, um die Mühen der Graspflege zu reduzieren. Wasser braucht nicht gemäht werden! Das Erfolgsrezept dabei: viel Wasser und wenig Wiese. Wasser, soweit der Garten reicht. Im Idealfall soll es bis an die Grundstücksgrenzen pritscheln.

Doch nicht immer klappt das Unterfangen. Wenn auch schon einige Schwimmteichjahre ins Land gezogen sind, die Teichexperten wandern nach wie vor unverdrossen um die Lacke. Mit riesigen Stangen und Schläuchen wird herumgestochert, gesaugt, gepumpt, gereinigt und gegrübelt.

Der erträumte Quell der Abkühlung bleibt aber stur: Fadenalgen, watteartige Gebilde trüben die Freude. Und das kann auch die Hundertschaft von Fröschen, welche all den verzweifelten Versuchen, dem Rund-um-die-Uhr-Gebrüll ein Ende zu bereiten, wenig Aufmerksamkeit entgegenbringt. Sie quaken, kreischen und brüllen, dass im Dorf die Nerven blank liegen.

Auch die Plagen der Graspflege warten weiter auf Milderung. Denn, obwohl der im Garten zurückgebliebene Wiesenrest nun kleiner ist, als der Schatten des Rasenmähers, donnert sein Antriebsaggregat nach wie vor hin und her. Überragt nur ein Grashalm die Bodenoberfläche, dann wird er angeworfen, der Saubermacher und säbelt alles gleich. Schätzungsweise einige Dutzend Mal wird an einem Grashalm herumgeschnipselt, sodass sich nach dem Ende des Massakers so an die zehn Gramm Grashalmbrei im Sammelsack des Ungetüms angesammelt hat.

Manchmal folgt dann ein Ritual von akustischer Exklusivität. Da verkommt der Rasenmäherlärm zur Geisterstunde im Märchenwald. Ein auf einem Menschenrücken geschnalltes und knatterndes Motorungetüm saugt nun die Luft aus einem an einem Schlauch pendelnden Saugrohr, mit dem jeder einzelne Grashalm von eventuell Herumliegendem und Kriechendem befreit wird.

Laut Expertenmeinung soll diese Saug-Innovation die Rückenkrümmungen der Gartenarbeiter beim Aufsaugen von Herbstlaub in den Parkanlagen minimieren. Es wird behauptet, dies sei ein Kampferfolg der Gärtnergewerkschaft in Übereinstimmung mit ihren Kollegen der Fitnessstudios, weil diese Erfindung Arbeitsplätze in eben diesen sichert, wenn die Rücken dann statt im Garten auf den Fitnessgeräten gekrümmt werden. Und nicht nur dort wird die Wirtschaft angekurbelt, man denke an die Arbeitsplätze bei den Herstellern der Sauger und bei deren Zulieferanten und natürlich auch an die Stromversorger.

Manchmal – zwischen Säbeln und Saugen – herrscht gespenstische Stille, lediglich unterbrochen von gestresst bis genervt klingenden Monologen. Es könnten aber auch Gespräche sein, denn während des hektischen Abschreitens der Liegenschaft wird die Stimme von einem mobilen Telefon begleitet. Als ungefragt beteiligter Betroffener könnte man sich dabei fragen, ob diese Errungenschaft der Technik in diesem Fall nötig ist – wären doch die Nachrichten auch ohne die elektromagnetischen Umwandlungen, von einem ein Kilometer im verbauten Gebiet entfernten Gesprächsgegner, ausreichend gut zu verstehen.

Wenn es die Zeit erlaubt, lieben moderne Anrainer ihre Katzen. Und diese die Umgebung. Aber, oft ist den Samtpfoten der gepflegte Rasen zu fad und sie bevorzugen eher Naturbelassenes, Urwüchsiges – und vor allem die Sandkiste vom Anrainerenkel. Einmal die Kiste abdecken vergessen und es geht rund im Sandviereck. Da herrscht dann reges Treiben, wenn sich die Würmer in den Exkrementen der herzigen Schmusemiezen aalen.

Ist die Sandkiste geschlossen, werden die Verrichtungen an anderen Plätzen ausgeführt. Meistens sind diese aber bereits von Weitem erkennbar, wenn sich eine Horde besonders bunt schillernder Fliegen um die Delikatesse balgt und vergnügt.

Gedankenversunken kann es vorkommen, dieses Treiben zu übersehen. Dann lässt es sich aber jedenfalls über das Riechorgan orten – klebt es doch mit zäher Hartnäckigkeit zwischen den Zehen und an den Füßen oder zwischen und in den Vertiefungen der Schuhsohlen und deren Rändern.

Stille ist Langeweile – denkt der aufgeschlossene Nachbar, wenn er am Pool liegt. Daher – der Tristesse zum Trotz – wurde ein spezielles Verfahren entwickelt. In einer ausgeklügelten Anordnung von Schallverstärkern und Hintergrundreflektoren wird der Krawall grölender Gesangsverirrter an die Mitwelt gesendet, sodass auf den Tischen im Umland die Kaffeeschalen auf den Tassen tanzen. Was durchaus vergleichbar ist mit dem Bum-Bum-Gepoltere vorbeifahrender Blechkisten mit bis zum Anschlag aufgedrehten Geräuschverstärkern.

Da hilft dann nur mehr der Rückzug in voll abgedichtete, in den Sommermonaten vorzugsweise mit Klimaanlagen ausgestatteten Behausungen.

Die Auswirkungen des über den Boden eindringenden Körperschalls lassen sich dadurch etwas reduzieren, in dem Geschirr und Gläser in Zeitungspapier eingewickelt verstaut werden. Am besten jedoch eignen sich unterirdisch angelegte Wohnstätten – je tiefer, je besser.

Da kann es dann vorkommen, dass ein Nachbar der Anrainer dieses Vergnügen nicht in der notwendigen Weise würdigt und es in Erwägung zieht, die Stätte der umtriebigen Fröhlichkeit zu verlassen. Dann bleibt es oft bei der Erwägung, denn dem Ansinnen steht ein Hindernis vor der Hausausfahrt im Wege. Egal, ob dieses Werkel das Eigentum des Nachbarn, das eines Bekannten oder Freundes oder das eines Lieferanten ist, da ist dann die Flucht zu Ende, bevor sie begonnen hat.

Auch Hilferufe sind dann verlorene Liebesmüh´. In der Regel bleiben sie ungehört und verpuffen in der Aufgeregtheit vibrierender Luftmassen.

Sind aber nette Leute, die modernen Anrainer. Wenn sie einfühlsamer sein wollten, würden sie ganz sicher feinfühliger sein können.

Firlefanz

Es blinkt in allen Farben, Nebel steigt vom Boden auf, halb nackte Figuren hüpfen in bunten Kleidern im Kreis und die Masse kreischt. Und – irgendwo steht die/der KünstlerIn und singt oder macht Kunstvolles. Dieser Augen- und Ohrenschmaus wird öfter als gelegentlich mit Werbung angereichert. Es folgt ein maschinengewehrartiges Selbstbeweihräucherungsritual. Tanzende, hüpfende und/oder johlende Kundenfangpromis werben für das Allerbeste zum Kostfastnix-Preis.

Und es gibt auch die Informationen. Reporter, Journalisten und Adabeis berichten. Dabei wandern die Informationsquellen von einem Mikrofon zum nächsten. Auch beim Sport läuft die Informationsstafette vom Studio über die Tribüne, Reporterkabine, zum Ziel und auf die Piste und dann zum Start – und retour. Jeder fragt jeden, damit man informiert ist. Ein mehrköpfiges Regieteam bemüht sich um die Abfolgeordnung der akustischen und visuellen Sensationen – mit tatkräftiger Unterstützung der Technik. Denn, die auf Schienen und/oder Seilbahnen dahinschwebenden und in Helmen, Schuhen, Gürtel und/oder auf Nasen bzw. auf sonstigen Körperteilen befestigten Kameras und Mikrofone müssen erst einmal koordiniert werden.

Ein besonderes Informationshighlight ist der Wetterbericht. Sommer und Winter tönt es leidvoll „in Moskau ist es warm oder kalt, aber kommen wir nun zurück nach Österreich" aus der Glotze. Im Hintergrund wäre eine Österreichkarte mit Wettersymbolen zu erkennen, wenn da nicht bildschirmfüllend, der vorwiegend mit nackten Beinen auf hohen Fersen tänzelnde Outfitauftritt wäre.

Es sind die ruckartigen Hundertgraddrehungen mit Gesäßpräsentation und die in den Raum irgendwohin zeigenden Arme – oft in der Klavierspielpose verharrend, welche einem durchschnittlich begabten Beobachter jegliche Konzentration auf das Wettergeschehen raubt.

Dort, wo normalerweise ein Satz einen Punkt hat, nähert sich der auf- und abschwellende Wortschwall der Höchstgeschwindigkeit, um dann in Satzmitte erschöpft zu erlahmen. Spätestens jetzt ist ein mit normaler Willensstärke ausgestatteter Mattscheibenbetrachter erledigt. Es ist ihm unmöglich die Frage „Wie wird das Wetter?" auch nur in Ansätzen befriedigend beantworten zu können.

Was gegen den TV-Firlefanz tun, könnte man sich nun fragen?

Wahrscheinlich ist eine gute Lösung sich einen TV-Sender mit erträglichem Firlefanzpotenzial zu suchen oder das Fernsehen bleiben zu lassen. Auch die „POWER"-Taste der Fernbedienung könnte helfen. Oder die Flucht, wenn es im Kreis der TV-Mitbeobachter Firlefanzfans gibt, welche sich an diesem amüsieren.

Weniger erfolgreich scheint, den Kopf unter einem Polster vergraben (oft nicht verfügbar und außerdem keine ausreichende Schalldämmung oder eine vorübergehende Ohnmacht (gefährlich, da keine Garantie für eine zeitgerechte Aufwachphase).

Arbeitsstress

„Bagga, Bagga". Entzückt beobachtete der Zweijährige den Mann in der Kabine. Dieser jonglierte mit beiden Händen an den Hebeln eines Baggers. Irgendetwas musste freigelegt werden. Es war die Schaufel, die nach der Erde grub und vor allem der Lärm, der meinen Enkel faszinierte. Rund um die Maschine standen vier weitere Männer. Mit blauen Overalls verkleidet verfolgten sie den Weg der Baggerschaufel, während sie sich am Stiel ihrer Schaufel festklammerten, einen Fuß am Boden, den anderen auf das Schaufelblatt gestellt. Einer telefonierte, drei förderten den Umsatz der Tabakindustrie.

Es dauerte eine halbe Stunde, bis der Enkel zum Weitergehen zu überreden war, denn wir wollten in den Park zu den Enten. Es war empfindlich kalt für einen Sommertag Anfang August, aber die Sonne blinzelte durch die Wolkendecke.

Die vier blauen Männer observierten noch immer die Baggerschaufel, jedoch hatten sie nun den jeweils anderen Fuß auf dem Schaufelblatt und drei telefonierten und einer rauchte.

Letztlich war es das Brummen von Motoren aus dem Park, dass dem Enkel zum Aufbruch animierte. Neugierig rannte er dem Getöse entgegen und wurde reichlich belohnt: Halligalli im Park – die Parkpflegecrew (8 RasenpflegerInnen) hatte Ausgang. Und 8 hämmernde Motoren waren mit von der Partie: 2 Traktorrasenmäher, 4 normale Rasenmäher, 1 Traktor mit Anhänger und 1 Krangreifer mit Kettenlaufwerk.

Das Herz des Kleinen hüpfte vor Begeisterung. Höllenlärm und Dieselgestank. Die Crew werkte bedächtig, einer mähte, andere kurvten herum.

Das Grasgut wurde zu einem entlegenen Platz transportiert und nach einem angemessenen Stressabbauritual (Handy, Zigarette) entladen – vollautomatisch, aber nur bei den Traktorrasenmähern.

Nun war der unermüdliche Einsatz des Krangreifers und des Traktors mit Anhänger gefragt. Der Krangreiferexperte bediente die Hebel in der Krangreiferkabine und hob das Grasgut auf den Anhänger des Traktors. Vorne saß der Traktorexperte, den Kopf am Lenkrad abgelegt – denn, schließlich mussten Stunden durchgehalten werden, bis der Anhänger voll wurde und zur Mülldeponie geführt werden konnte.

Und bei all der Belastung vor Ort darf der Einsatz des Mähteams nicht vergessen werden, um die Maschinen vom Maschinenlager am anderen Ende der Stadt in den Park zu bringen. Und wieder zurück. Und betreut wollen sie auch werden, die Vertreter des Fortschritts. Damit sie zuverlässig ihren Dieselgebern dienen können.

Kein Wunder also, wenn die Mannfrauschaft über Arbeitsstress klagt.

Apropos: Beim Retourweg aus dem Park kamen wir wieder beim Bagger vorbei. Siehe oben – alles wie gehabt.

PS: In den längst vergangenen Tagen vor dem Fortschritt mussten im Park 4 Menschen schuften. Mit Sensen, Rechen und einem Leiterwagen. Das Gras wurde in einer Ecke des Parks kompostiert. Es wurde weniger oft und nicht immer alles gemäht. Es verblieben Inseln, in denen das Gras wachsen konnte und die Halme im Wind wogten. Es wird berichtet, die 4 Menschen hätten nie über Arbeitsstress geklagt.

Geheimnisvolle Promotion

Gestern kam wieder einmal ein erfreulicher Brief. „Herzlichen Glück-wunsch zum Geburtstag, Herr Dr. R..." stand da zu lesen – und einige Zeilen weiter „minus 15 Prozent auf ein Produkt ihrer Wahl".

Das bewegt. Mich so sehr, dass ich die darauf folgende Nacht stunden-lang wach lag und vor mich hingrübelte. Ich musste an all jene denken, welche derzeit zittern, dass ihnen der Titel weggenommen wird, weil sie in ihrer Doktorarbeit ein bisschen geflunkert haben oder ihre Quel-len nicht nach wissenschaftlichen Regeln dargelegt haben. Schließlich geht es um Ansehen und Würde.

Auch wenn es sich meistens um Formalitäten handelt. Aber diese las-sen sich auch von jedermann feststellen. Ein bisschen Geschick und einen guten Plagiatsfinder und schon kann man die Übeltäter im WWW ertappen. Und dann ist Schluss mit lustig. Ob der Inhalt einer Disserta-tion würdig ist, das ist dann auch nicht so wichtig und das würde auch so manchen Normalsterblichen überfordern.

Viele Partytiger wissen es: **Äußerlichkeiten zählen noch immer mehr als Inhalte.**

All das raste durch meine Gehirnwindungen. Nun geht es wirklich nicht mehr, hämmerte es in mir. Ich muss meinen Doktor zurückgeben. Der Druck ist zu groß.

Auch wenn mein Fall etwas anders gelagert ist. Denn ich ahne nur unscharf, warum man mich mit der Doktorwürde beglückt hat. Irgendwann habe ich ein Formular ausgefüllt. Und dies dürfte von derart überzeugendem Niveau gewesen sein, dass eine Titelverleihung unumgänglich war.

Es waren schöne Jahre, die Einkäufe im Baumarkt mit den würdevollen Blicken der Damen an den Kassen. Die Karte sieht ja wirklich gut aus mit dem Titel - und das in Österreich. Und in Zukunft, ob ich wieder minus 15 Prozent erhalte, oder nur mehr minus 14 Prozent?

Mein Entschluss steht aber fest: Es reicht. Ich halte dieses Doppelleben nicht mehr aus: Ich werde gestehen und meinen Titel zurücklegen. Ab nun bin ich wieder ein einfacher Bürger, der ob seiner nun wiedererlangten Bedeutungslosigkeit auf die beglückenden Momente beim Einkauf im Baumarkt verzichten muss.

Wider dem Zeitgeist

Demut & Selbstlosigkeit

„Das Land hinter dem Eis" ist ein außergewöhnlicher Film. Eindrucks-voller kann die Übermaßunmäßigkeit der Konsumgesellschaften nicht entlarvt werden: Demut, Selbstlosigkeit, Bescheidenheit und grenzen-loser Einsatz im Land hinter den Bergen um für die Ausbildung der Kinder zu sorgen – und in vielen der so genannten entwickelten Staa-ten Verschwendung, Maßlosigkeit und Größenwahn.

In Zanskar Zufriedenheit und Lächeln, auch wenn es noch so schwierig ist und Grant und Unzufriedenheit auf und in vielen Konsumrausch-köpfen in den reichen Ländern. Da bleibt einem die Spucke weg, wie lächerlich banal so manche hochgespielten Problemchen in unseren Breiten sind. Da sitzen viele in der ersten Reihe fußfrei und fordern und protestieren, wenn es nicht so läuft, wie sie sich das einbilden.

Die Botschaft beschämt und macht nachdenklich und fordert Dank-barkeit und Respekt – dafür, dass es uns gut geht. Das ist das Verdienst und die Leistung vieler tüchtiger und gescheiter Menschen.

Aber, die Botschaft macht auch traurig und wütend, denn viel zu oft regiert Geltungssucht, Selbstgefälligkeit und Maßlosigkeit.

Das Wirtshaus

Es war kurz vor zwölf und wir mit dem Auto am Weg nach Hause. „Jetzt noch kochen" – unterbrach Rotraut die Stille – „das freut mich gar nicht. Ein uriges, gemütliches Wirtshaus, das wär´ jetzt was".

Fragen Sie nicht, warum darauf die Frage „Kannst du dich noch erinnern, an den Wirt in der unmittelbaren Nähe von der Fabrik?" folgte. Und: „Muss schon an die 30 Jahre her sein. Ob es den noch gibt?"

„Ich bin mir nicht sicher", habe ich geantwortet, nachdem unsere Fabrik vor vielen Jahren dichtgemacht hat. Es war vorbei mit der Entwicklung und der Produktion von Tonbandgeräten, Kassetten-, Radio- und Videorekordern, Diktiergeräten, Personal Computern, Lautsprechern, Videokassetten und Metallwaren. Abgewandert in billigere Regionen, in den Fernen Osten.

„Die Fabrik wird ihm schon abgegangen sein. Ich würde auch gerne wissen, was aus den Anlagen geworden ist und ob der Wirt überlebt hat."

Es waren doch immer einige von den Tausenden MitarbeiterInnen, welche dem urgemütlichen Gasthaus – dem im Regelfall wohlschmeckenden Werksküchenessen in unserer Fabrik – dem Vorzug gegeben hatten.

„Machen wir doch einmal einen Ausflug und schauen uns an, was von der Fabrik übrig geblieben ist. Und vielleicht gibt es das Gasthaus noch, mit dem urigen Garten und den köstlichen Schmankerln."

Das werden wir demnächst machen – darüber waren wir uns einig und sind zuhause angekommen. Freude hin oder her, Rotraut hat das Mittagessen zubereitet. Und wieder – was die Regel ist – durfte ich „danke, das war Weltklasse" sagen.

Übrigens, zuvor hatte ich noch die Post aus dem Postkasten geholt. Da war eine traurige Nachricht dabei. Ein guter Arbeitskollege aus der Fabrik war gestorben.
Er wurde am Friedhof nahe der Fabrik begraben. Es war eine berührende Trauerfeier im kleinen Kreis. Und ein Wiedersehen von Arbeitskameraden aus längst vergangenen Tagen.

Auf der Fahrt zurück: Da waren sie, die Fabrik und das Wirtshaus. Die Fabrik steht noch, alle Hallen und alle Gebäude. Jedoch verlassen und ungepflegt sieht sie aus. Sichtbare Jahrzehnte ohne Obsorge, so steht sie jetzt da, die einst stolze Stätte auf einer Anhöhe im Westen von Wien. Wo früher die Hauptportierloge war, schreitet ein junger Mann mit Gewehr hin und her und bewacht offensichtlich das nun militärische Gelände. Rundherum gespenstische Stille.

Unberührt vom Schicksal der Fabrik gedeihen die Kleingartensiedlungen in der Umgebung – und das Wirtshaus. Kaum verändert, alles wie vor dreißig Jahren: viele Gäste im urigen Garten, kolossale Aussicht, flinke Kellner, köstlich Bodenständiges und gepflegter Gerstensaft im Krügel. Kein Größenwahn, einfach und gut.

Mehr als 30 Jahre war dieses Wirtshaus aus unseren Gedanken und vor wenigen Tagen haben wir zufällig davon gesprochen und nun sind wir hier. Zufall?

Krisenzeiten

Finanzkrise, Wirtschaftskrise, Staatsschuldenkrise, ...
Gesellschaftskrise(?)

So heißen die Stationen im Krisenfahrplan seit 2007. Die gemeinsame Wurzel für die Kriseninflation könnte man „Griechische Krankheit" nennen. So wie man von der Grippepandemie zwischen 1918 und 1920 von der „Spanischen Grippe" spricht.

Zugegeben, sie war ja sehr verlockend, die Mär vom Geld, einem „Perpetuum mobile pecunia". Kaufe heute, zahle irgendwann. Für jeden, auch für die Politik. Gelder nach Proporz verteilen (oder an die lautesten Lokalfürsten), um mit der Wohlgesonnenheit der eigenen Klientel belohnt zu werden.

Eine kurze Erinnerung an die Zeiten, wo die Grundrechnungsarten am Stundenplan standen, hätten der Mär die Illusion rauben können: Wenn Staaten, Gesellschaften, Individuen viele Jahre über ihre Verhältnisse leben, dann müssen sie die folgenden Jahre bescheidener ihr Dasein fristen. Und dabei genauso oder mehr ihre Rücken krümmen und ihre Gehirnzellen bemühen. Je mehr sie dabei die richtigen Dinge richtig tun, desto schneller könnte es gelingen. Andernfalls wird es kaum möglich sein, den Schuldenberg abzutragen.

Schulden zurück zahlen, nicht rückzahlen oder etwas dazwischen - das sind die möglichen Szenarien für die Zeit nach dem Leben auf Pump.

Und diese Szenarien sind seit Jahren Gegenstand der diversen Gipfel und Sitzungen über Rettungsschirme, Bankenhilfspakete, Bailouts, Haircuts, Finanzstabilisierungsmechanismen.

Politische Notwendigkeiten, welche rascher und effektiver sein könnten. Aber, es wäre unvernünftig die Erwartungen zu hoch zu schrauben, denn mit Geldzauber und Finanztricks ist die Aufgabe nicht zu lösen.

Man kann jedoch das Unausweichliche unterschiedlich portionieren – Länge und Intensität des Schreckens beeinflussen und die Last so gerecht wie möglich verteilen, in dem jene, welche von dem Zauber mehr profitiert haben, jetzt mehr zurückgeben (müssen).

Griechische Krankheit

2010 hat der griechische Staatshaushalt ein Defizit von über 24 Mrd. Euro (mehr als 10 % vom Bruttoinlandprodukt) erwirtschaftet. Der Schuldenstand des Staates betrug Ende 2010 326 Mrd. Euro (143 % vom BIP – von 229 Mrd. Euro). Das Minus von Januar bis September 2011 betrug 19,2 Mrd. Euro.

Wie kann nun Griechenland die vielen Jahre des Schuldenmachens beenden und seine Schulden tilgen?

Ein mögliches Szenario im Überblick:

ad Staatshaushalt)
Das Dauerdefizit des Staatshaushalts muss in einen Überschuss umgewandelt werden. Steuererhöhungen und ein effektives Steuersystem (Eindämmung der Steuerhinterziehung) müssen höhere Einnahmen bringen und eine schlanke, unbürokratische Verwaltung und niedrigere

52

Löhne und Gehälter müssen die Ausgaben deutlich reduzieren. Dann könnte man z. B. 15 Mrd. Euro pro Jahr zur Schuldentilgung verwenden und in ca. 25 Jahren (!) die Schulden los sein.

Die Voraussetzung für die Staatseinnahmen sind aber mindestens gleich bleibende Wirtschaftsleistungen. Da die Inlandsnachfrage sinken wird, bedeutet das notwendigerweise eine deutliche Zunahme der Exporte. Das Leistungsbilanzdefizit muss in einen Leistungsbilanzüberschuss gedreht werden. Mehr als fraglich, ob dies ohne eigene Währung (und einer Abwertung) möglich sein kann.

ad Wirtschaft)

Der Inlandskonsum sinkt, da die Menschen weniger zum Ausgeben haben. Um das Niveau der Wirtschaftsleistung mindestens zu halten, muss der Export angekurbelt werden. Es braucht attraktive, wettbewerbsfähige Produkte und Dienstleistungen. Die richtigen Dinge müssen richtig gemacht werden. Dazu braucht es neue Technologien und niedrigere Lohnkosten. Die Wirtschaft benötigt ausländische Investoren, welche Geld und Know-how mitbringen.

ad private Haushalte)

Die Gürtel müssen beträchtlich enger geschnallt werden, vor allem beim Konsum. Für gleiche Arbeit gibt es weniger Einkommen bei gleichzeitig höheren Abgaben und Steuern.

Ohne diese Änderungen wird es nicht funktionieren. Andernfalls ist der Staatsbankrott nur eine Frage der Zeit. Jedoch: Diese Änderungen brauchen Zeit, viel Zeit. Es ist aber bereits nach 12.

PS1:

Im April 2010 haben EU und IWF Kredite von 110 Mrd. Euro zugesagt („1. Rettungsschirm"). Im Juli 2011 folgte das 2. Rettungspaket von 109 Mrd. Die Europäische Zentralbank kaufte im Mai 2010 griechische Staatsanleihen in Höhe von 25 Milliarden Euro, um die Kurse der Anleihen zu stabilisieren (weitere Anleihen wurden 2011 gekauft).

Die erste Geldüberweisung („1. Tranche") folgte im Mai 2010. Der IWF und die EU-Staatengemeinschaft haben 20 Mrd. Euro an Griechenland überwiesen. Im August 2010 und im Juli 2011 folgten weitere Milliarden. Im November 2011 werden es 8 Mrd. Euro sein.

Das Defizit 2011 wird bei 8,5 Prozent des BIP liegen und der Schuldenberg auf über 150% des BIP weiter anwachsen.

Ursache ist der Konjunktureinbruch. 2011 wird die griechische Wirtschaft um etwas mehr als 5 Prozent schrumpfen. Für 2012 wird ein Defizit von ca. 7 Prozent des BIP erwartet.

Die Zinsen für die Schulden betragen derzeit ca. 15 Milliarden pro Jahr. Zur Finanzierung dieses kontinuierlichen Defizits ist Griechenland gezwungen, laufend neue Schulden aufzunehmen und damit seine Verschuldung zu erhöhen. Die Zinsen für die Kredite steigen, je geringer die Wahrscheinlichkeit wird, dass Griechenland seine Schulden bezahlen kann.

PS2: Basiskenntnisse im Rechnen und etwas Lebenserfahrung könnten ausreichen, um die Antwort auf die Frage „Kann Griechenland seine Schulden tilgen?" zu finden.

Hohe Schulden, hoher Preis

Geld bekommt in der Regel der, der es nicht braucht. Der, der es dringend braucht nur, wenn er alles (auch das was er nicht hat), dagegen rechnen kann - und vor allem zu Konditionen, welche mit dem Grad der Dinglichkeit unbequemer werden.

Je höher die Schulden, je höher die Zinsen – das ist die Mechanik des Marktes.

Und das ist gut so, sagen die Experten oder solche, welche sich dafür halten. Damit soll das Schuldenmachen bestraft werden und potentielle Schuldenmachkanditaten abgeschreckt werden.

Nun was passiert aber, wenn diese Mechanik bereits versagt hat und die Schulden da sind – sagen wir in der Höhe von zwei Jahreseinkommen?

Weinen Sie nicht, da können so manche Staaten locker mithalten. Vielleicht sind Sie Bürger so eines Staates, dann könnten Sie sich allmählich damit beschäftigen, sich ernstlich Sorgen zu machen.

Denn, wenn so ein Staat für die Schuldenrückzahlung neue Schulden machen muss, dann wird erfahrungsgemäß der Markt aber ganz schön böse und wird Bußgeld verlangen. Und damit werden die Schulden auch nicht kleiner.

Blöd dabei ist, dass dann immer mehr vom Einkommen für die Rückzahlung von Schulden draufgeht. Da bleibt weniger fürs Ausgeben. Was wieder dem Einkommen nicht gut tut.

Was letztlich bedeutet: So geht es sicher nicht.

Nur woher das Geld nehmen, wenn nicht stehlen?

Apropos Stehlen – das könnte ein Ansatz sein. Man könnte es denen wegnehmen, welche genügend davon haben (und eventuell an dem ganzen Desaster verdient haben) und die Schulden zurückzahlen. Oder, man könnte es den Gläubigern wegnehmen, schließlich war ihnen die Rendite das Risiko wert.

Für beide Vorgehensweisen gibt es genügend Beispiele. Für jene, welche nun überrascht sind: Lernen Sie Geschichte (© B. Kreisky, österreichischer Bundeskanzler).

Und dann?

Sich um das Einkommen kümmern und nicht mehr ausgeben, als man hat.

Schulden muss man sich leisten können.

Neue Strategien zum Schuldenabbau

Man muss Schulden offensiv begegnen. Sparen ist gestrig. Immer mehr Ökonomen befinden Sparen als den falschen Weg. „In Wirklichkeit müsste man angesichts des billigen Geldes die Schulden jetzt aufblasen", raten die Ökonomie(k)experten. Konjunkturell in Schwung kommen muss man. Denn mehr Umsatz bringt mehr Steuern, mit denen man dann mehr Umsatz machen kann. Und wenn das nicht ganz reicht: Anleihen ausgeben und Geld aufnehmen.

Na, da staunt der Laie, der bisher an das 1 und 1 = 2 (irr)glaubte.

Es braucht mehr moderne, aufgeschlossene Weltbürger und weniger Krankjammerer. Das Miesmachen der Hinterwäldler wird uns nicht weiterbringen. Immer wieder das gleiche Gesudere über die Millionen Tonnen genießbarer Lebensmittel, die auf den Müllhalden landen, über das Klumpert (dass angeblich keiner braucht), über das Plastik im Meer und in den Fischmägen, über das stumpfsinnige Werbegebrüll in Radio und Fernsehen und über den Müll, Dreck, Lärm, Gestank und den Lichtterror (bunt, blinkend, hin und her, auf und ab).

Daher: **Wir brauchen Initiativen.** So bringen wir den lahmen Karren in Schwung, wie beispielsweise mit …

- größeren Löchern in den Bergen, breiteren Brücken und Betonpisten, damit mehr Tomaten rascher aus Südspanien angeliefert werden können,
- Magnetresonanztomographen für alle Spitäler, um das Selbstwertgefühl der Lokalfürsten zu stärken,
- Exportförderungen von Tiefquellwasser nach Neuseeland und Importe von Untergrundwasser aus Neuseeland (Exportunterstützung durch Neuseeland)

Und wir brauchen Ideen, Innovationen, wie unter anderem ...

- Laubsauger mit Internetanschluss und 42-Zoll-Monitor für mehr Unterhaltung bei der Gartenarbeit,
- Großraumbriefkästen mit integriertem Shredder, um die mit Werbemüll überforderten Briefkästen zu entlasten,
- Produkte in den Supermärkten, welche beim Vorbeigehen „Kauf mich" winseln,

Es braucht auch ihren Beitrag: Geben Sie der Initiative „Standortstärkung der Wirtschaft" für „Weihnachtsmärkte ab August - Spezialitäten aus aller Welt" ihre Stimme.

Finanzmarktkasino

Geldzauber

Die Gazetten sind randvoll mit Berichten über den Erklärungswettlauf der prominentesten Wirtschaftsexperten. Seit Jahren herrscht Hochbetrieb auf den attraktiven Finanzbühnen des Planeten. Da kann man dann lesen und staunen, über Schulden und Schutzschirme, über Maßnahmen, welche den Konsum ankurbeln sollen, über Länder, welche mit niedrigen Löhnen und hohe Exportraten die Leistungsbilanzen anderer Staaten bedrohen, über die Spekulationsmechanismen des freien Geldmarktes und über all die Wunderkräfte des Zaubertauschmittels, dass Inflation die Schulden mildert, dass Zinsen Wachstum pusht oder bremst, dass Währungswechselkurse Exporte be- oder entflügeln.

Alles richtig oder auch **nicht.**

Keine Frage, Geld ist wichtig. Geld, Kapital kann und soll eine Aufbruchstimmung ermöglichen, Menschen animieren und ihnen die Chance geben, anzupacken, nachzudenken, etwas weiter zu bringen und in die Zukunft zu investieren.
Und das ist es, worum es dann letztlich geht: ob aus dem Anpacken und Nachdenken etwas Gescheites, Sinnvolles herauskommt.

Die Realität ist aber, Geld mutiert immer mehr zum Selbstzweck. Inzwischen wird es um ein Vielfaches mehr gehandelt, als dem Handelswert aller Wirtschaftsgüter dieser Welt entspricht.

Obwohl es weder schmeckt und ein im höchsten Maße ineffizienter Brennstoff ist.

Es bleibt, was es ist: (Nur) ein bequemes und geniales Tauschmittel.

Es wäre klug, würden die Gesetzmacher in den Parlamenten die Betreiber der Finanzmarktkasinos zur Vernunft zwingen. Dann würde genug Zeit bleiben, um sich mehr um das Wohlbefinden der Menschen zu kümmern. Denn an diesem krankt es vielerorts.

Das zeigt die Geschichte: Seit der Geldmarkt so richtig explodiert, wird die Kluft zwischen Arm und Reich nicht kleiner, sondern größer – neben all den Grauslichkeiten, welche sonst noch zu schaffen machen – Raubbau an der Umwelt, Tierleid durch Massentierhaltung oder Fischfangfabriken, Ausbeutung begrenzt verfügbarer Ressourcen und Bedrohung durch Klimaänderung.

So weitermachen wird kaum gehen. Es kann nicht funktionieren, wenn ein stetiges Wachstum die Voraussetzung für das Funktionieren unserer Gesellschaft ist, wenn ohne „immer mehr" nichts mehr geht. Mehr Lebensmittel – obwohl in vielen Gesellschaften bereits heute ein beträchtlicher Prozentsatz an unverdorbenen Lebensmitteln auf den Müllbergen landet? Mehr Autos – obwohl es in vielen Städten bereits heute endlos staut und die Abgase zum Himmel stinken?

Und so weiter, und so fort. Es ist so: Letztlich geht es nicht um Geld, es geht um Wohlbefinden, um **ein gelingendes Leben**.

Weinen Sie nicht ...

... wenn Sie die Börsenberichte einer angesehenen Tageszeitung in dieser Woche gelesen haben:

Dienstag: Auf den Märkten regiert das Misstrauen. Ängste vor einer Ausweitung der Schuldenkrise in der Eurozone haben Europas Aktienmärkte belastet.
Mittwoch: Sorgen über Schuldenkrise sinken, Börsen steigen. Die europäischen Börsen haben am Dienstag einheitlich mit Kursgewinnen geschlossen.
Donnerstag: US-Erholung lässt Börsen blühen. Die Anleger an den internationalen Börsen durften sich über Kurssteigerungen freuen.
Freitag: Schwacher Arbeitsmarkt drückt Börsen nach unten. Auslöser seien enttäuschende Arbeitsmarktdaten.

Weinen Sie nicht, wenn Sie jetzt so etwas im Kopf haben, wie „das ist doch verrückt". Denken Sie an die Gaudi, welche Wertpapierhändler aller Schattierungen an dem wahnwitzigen Auf und Ab im Kurskasino haben. Das im Sekundentakt Umschaufeln von Verlierern zu Gewinnern bringt weltweit vielen Tausenden fleißigen Händen (und Köpfen?) sichere Arbeitsplätze in warmen Zimmern.

Denken Sie daran.

Ein Blick auf die Zukunft der Börsen

 Herr Karl-Heinz aus H., ein Leser (aus einer kleinen aber mutigen Leserschar) meiner Beiträge in einem Wirtschaftsblog, schreibt mir: "Hallo Lackner, warum schreiben sie nicht einmal etwas über Wirtschaft und Börsen. Das ständige Moralisieren in ihren Beiträgen wird langsam langweilig".

Ja, Herr Karl-Heinz hat recht. Das ist es, was interessiert und nicht das langweilige Gesudere eines grantigen Gesellschaftskritikers.
Daher werde ich über die Zukunft der Kurse an den Börsen schreiben (und dabei der Gefahr tapfer ins Auge blicken, auch die letzten treuen Leser zu vergrämen). Bis auf Onkel Hans, der wird aus Mitleid weiter meine Verirrungen lesen.
Jedenfalls bleibt das olympische Motto: Dabei sein ist alles – nicht gelesen werden (oder so ähnlich).

Dieser Rechtfertigungsgrund soll aber nicht unerwähnt bleiben: Mit meinem verkümmerten Graswachshörsensorium ist es völlig unmöglich, gewinnträchtige Informationen mit den für das Börsengeschehen erforderlichen Halbwertszeiten von Minuten bis Stunden zu verbreiten. Und es liegt auch an meiner Schreibtechnik. Denn bis meine holprige Zweifingertechnik das volatile Geschehen an den Börsen zu Texten geformt hat, ist die Zeit abgelaufen und die Botschaft würde lediglich fürs Antiquariat taugen.

Auch braucht es immer einen Anstoß, einen Zeitungsartikel, Nachrichten im Hörfunk oder Fernsehen, einen Werbespot, eine Beobachtung im Kaufhaus oder sonst wo, der mich in an die menschliche Intelligenz bzw. Selbstlosigkeit erinnert. Wenn dann diese Erinnerungen beginnen das Gemüt zu quälen, dann hat es sich als entlastend erwiesen, diese aus dem Hirn zu entnehmen und dem Papier zu übergeben. Dort bleibt es in der Regel liegen bis irgendwann der Druck der Allgemeinheit so groß wird, diese daran teilhaben zu lassen.

Aus diesem Grund bleibt also nur die **Marktlücke** von Informationen mit **Halbwertszeiten in der Größenordnung von Jahrzehnten**.

Bescheidenerweise sei hierzu allerdings anzumerken, dass für diese Größenordnungen von Halbwertszeiten gewisse Erfahrungen nachgewiesen werden können. Nach jahrelangem Grübeln und Sinnieren über den Finanzmarkt und über die Börse sind diese Erkenntnisse inzwischen zwischen Buchdeckeln aufgehoben. Hinweise dazu gibt es auf den letzten Seiten dieses Buches.

Die Zukunft der Kurse an den Börsen

Laut Lehrbuch und Meinung vieler anerkannter Experten hat beispielsweise der Kurs einer Aktie an der Börse in gewisser Weise mit der Substanz eines Unternehmens zu tun. Auch, wenn das nicht immer ersichtlich ist.

Ist die Erwartung der Marktteilnehmer, dass die Gewinne wachsen, dann steigen die Kurse. Und umgekehrt.
Möchte man nun in die Zukunft blicken, dann stellt sich die Frage: Werden die Gewinne der Unternehmen in Zukunft steigen?

Und man könnte sich weiter fragen: Warum sollten sie das tun? Welche Gewinnerwartungen sollte es für Unternehmungen in den Wohlstandsgesellschaften geben, welche bereits heutzutage viele ihre Umsätze nur mit ohrenbetäubendem Werbegebrüll halten können und der durchschnittliche Konsument immer mehr im Klumpert erstickt, Millionen Tonnen Lebensmittel weggeworfen werden, sich die Müllberge auftürmen und die Ressourcen knapper werden?

Die Grenzen des Wachstums rücken immer näher, vielerorts der Vernunft schon längst entrückt.

Und wenn die Gewinne nicht steigen, warum sollen das die Kurse tun? Ausnahmen (Einzelwerte) ausgenommen.

Eine weitere Antwort könnte die Innovationskraft gewiefter Spekulanten und die Herde gieriger Lemminge liefern. Da kann und wird es zu dem einen oder anderen Bläschenplatzer reichen und damit die Glücklichen oder die Wissenden („buy low - sell high!") zu wohlerzitternden Renditen führen.

Zuletzt könnte man die Geschichte bemühen und den Durchschnittsverlauf nach Euphorie-Phasen und Spekulationsblasen (z. B. Dow 1929, Gold-Silber 1980, Nikkei 1990, Nasdaq 1999) unter die Lupe nehmen. Noch nach 8 Jahren (und einem dritten Tief) lagen die Werte nur knapp über 30% von den Höchstwerten (s. a. „Diagnose Übermaßunmäßigkeit", Seite 164). Der Nikkei 225 liegt nach mehr als 20 Jahren bei unter 25%.

Was bleibt nun als Resümee?

Immer wieder wird es die eine oder andere Gaudi im Kurskasino geben, mit dem einen oder anderen Innovationskunststück bei Einzelwerten. Oder wenn die Gier der Lemminge zuschlägt.

Aber die (inflationsbereinigten) Börsenindizes werden in den nächsten 30 Jahren nicht die Höchstwerte von 2007 erreichen.

Darauf würde ich gerne wetten.

Wie die Wette ausgeht, das wird sich bei mir leider zeitmäßig nicht mehr ausgehen.

Aber wünschen würd´ ich mir etwas: Wenn´s stimmt, dann trinken sie ein Achterl auf mein Wohl.

Einen Reschen.

Welche Krise?

Welche Krise? – das denken, fühlen und (er)leben noch sehr viele Menschen in unserem Wirtschaftsraum. Wie auch ein südeuropäischer Regierungschef, der noch vor wenigen Wochen ungehalten meinte, bei uns gibt es keine Krise – "die Restaurants sind voll und die Menschen fahren wie immer auf Urlaub". *(Anmerkung: Er ist nicht mehr Chef)*

Die Zeit naht mit riesengroßen Schritten, dann ist Schluss mit lustig und die Krise wird bei vielen ankommen, welche bis jetzt staunend bis interessiert die Berichte in den Medien verfolgt haben, aber als etwas von einer anderen Welt und/oder als Profilierungsbühne für Wichtigtuer wahrgenommen haben.

Viele wurden bisher von der Krise verschont, da in vielen Bereichen noch immer auf Pump gelebt wird. Trotzt der gewaltigen Schuldenberge werden nach wie vor weitere Schulden gemacht. Doch damit wird bald Schluss sein müssen und die jahrelange Gaudi wird einer großen Ernüchterung weichen. Damit weitere Staatshaushaltsdefizite verhindert werden, muss der Konjunkturankurbelungsmotor um einige Gänge zurückschalten werden.

Die Zeiten werden härter. Die Inflation wird am Geldwert nagen und der Kampf um die Arbeitsplätze wird noch härter. Und das vor dem Hintergrund einer bereits hohen Arbeitslosenquote in der EU(27) von etwas mehr als 10 %. Die Jugendarbeitslosigkeit liegt bereits über 20 % (September 2011).

Um der Arbeitslosigkeit entgegenzuwirken, wird es viel Initiative und Leistungsbereitschaft benötigen – von allen Menschen in der Gesellschaft. Wissen und Bildung wird dabei helfen.

Die gute Nachricht: Es muss nicht immer mehr Geld sein, um ein gutes Leben führen zu können. Allerdings, dabei muss es eine Bedingung geben: die Solidarität für die wirklich Armen in der Gesellschaft.

Gedanken über's Bessermachen

Fester Boden unter den Füßen

 Was wir von den (K)Experten lernen können: Nichts ist sicher, außer das Unsichere. Was ist daher dringender, wenn alles rundherum schwankt, als ein fester Boden unter den Füßen? Da können unverrückbare Eckpfeiler im Gestrüpp der Ungewissheit nicht schaden.

Endlich – nach akribischer Fundamentalforschung humaner Umtriebigkeit liegt sie vor, die Langzeitstudie – die Gewissheiten aus einer sechzigjährigen Experimentalrecherche:

(1) Mit voller Hose lässt sich leicht stinken.

(2) Was (nicht gänzlich) falsch ist, kann Besitz stiftend wahr werden.

(3) Blöd mag laut.

(4) Unwichtiges braucht keinen Termin.

(5) Relativitätspraxis (nach Weinstein): Ein Prozent kann sehr/zu viel sein (z. B. Alkohol im Blut) oder sehr/zu wenig (z. B. Rendite bei fünf Prozent Inflation).

(6) Es wird alles zur rechten Zeit gut sein (oder es braucht zum gut werden so lange, bis die Zeit nicht reicht) – auch: Es ist nie zu spät, außer es war.

(7) Richtiger ist nicht nur dann gerechter, wenn weniger Richtiges weniger fair ist.

(8) Nutzen macht Sinn, vorausgesetzt er ist größer als der Schaden.

(9) Was du heute kannst bedenken, das wird morgen auch so sein oder anders – aber öfter als meistens gilt: $1 + 1 = 2$.

Der Spiegel

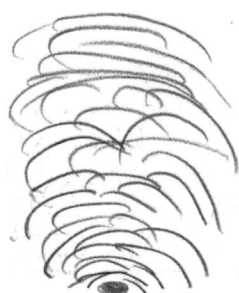 Was richtig und wichtig ist, wird immer schwieriger zu beurteilen sein, bei der Komplexität wachsender Globalisierung und Informationslawinen in unseren Zeiten. Zu oft erschlagen Verpackungen und Eigeninteressen den Inhalt und viele Informationen sind entweder falsch, haben eine Halbwertszeit von Minuten oder sind einfach unsinnig.

Und das Fatale daran: Das Unwesentliche und Blöde trübt den Blick derart, dass der Wald vor lauter Bäumen übersehen wird, mit viel Blabla Belangloses breitgetreten wird und an Wichtigem vorbeidilettiert wird.

Dabei kann es jeder sehen, hören, riechen und fühlen: Neben **unbeschreibbar Schönem** gibt es ziemlich **Grausames** auf dieser Erde.
Und sicher unbestritten ist: Die Herausforderungen werden nicht kleiner. Die Globalisierung bringt Chancen und Gefahren – die Größe überfordert die Überschaubarkeit. Immer mehr Menschen müssen Raum und Möglichkeiten teilen.

Da sind sich viele einig: So wird es nicht weitergehen (können).
Daher muss es mehr Menschen mit Ideen für eine bessere Welt geben.

Auch wenn vielerorts (vor)verurteilt wird: „Sie tun es mit erhobenem Zeigefinger und übertreiben, sind moralisierende und/oder naive Pharisäer und Heuchler, denen es an Objektivität mangelt – Selbstdarsteller, welche ihre Eigeninteressen mit Besserwisserei untermalen."

Nur, wer soll dann das Engagement aufbringen, es gegen die Minimalisten in Sachen Wertschätzung und Aufmerksamkeit – Mutationen aus Selbstgefälligkeit und Stumpfsinnigkeit anzutreten? Oder gar gegen die bizarren Formen der Evolution, wenn sich Egoidiotie und Übermaßunmäßigkeit in einer Person verwirklichen und sich zu Exkrementalisten auswachsen?

Da wird gelärmt, dass die Löffel auf den Tellern tanzen, die Luft verpestet – und alles verdreckt, was die Natur zu bieten hat, keine Gelegenheit ausgelassen um sich vorzudrängen, stets an den eigenen Vorteil gedacht und nie mehr gesagt, als diesem eigenen Nutzen zuträglich ist, alles genommen, bevor es andere getan haben (und der Mist irgendwo fallen gelassen).
Diese Typen fühlen sich stark und tüchtig, wenn sie andere über den Tisch ziehen, sind Meister in der Kunst des Täuschens und in der Doppelmoral, trinken Wein und überlassen anderen das Wasser, buckeln nach oben und treten nach unten, richten sich ihre Wahrheit (und sind immer im Recht, solange man sie nicht erwischt) und schlagen zu, wenn andere wegschauen oder abgelenkt sind.

Und andererseits: Ist es heuchlerisch, wenn sich jemand bemüht fair zu sein und Unfairness erlebt – wenn er dann für Fairness eintritt?
Und das Gleiche tut, bei Intoleranz, Ungerechtigkeit und bei Rücksichtslosigkeit.
Warum ist es moralisierend und naiv, wenn jemand versucht Werte zu leben und erlebt, wie diese Werte mit Füßen getreten werden und sich dagegen ausspricht?
Wer möchte nicht lieber in einer Welt leben, in der sich Menschen bemühen fair, gerecht, maßvoll, aufmerksam und rücksichtsvoll zu sein, versuchen mehr zu geben und nicht ihre Ellbogen einsetzen und andere über den Tisch ziehen.

Auch, wenn es einem selber vielleicht nicht immer vollständig gelingt, wird es wertvoller sein für diese Werte einzutreten, als es nicht zu tun.

Wenn es bei der Erziehung gelingt, dass Kinder maßvoll mit Ressourcen umgehen (bescheiden sind), Rücksicht auf Lebewesen und auf die Natur nehmen (respektvoll sind), anpacken und Herausforderungen annehmen (initiativ sind), aufmerksam die Welt zu begreifen versuchen (neugierig sind) und fair Güter und Chancen zu teilen bereit sind (gerecht sind), dann braucht uns um die Menschheit nicht bange zu sein.

Alt werden ist kein besonderes Verdienst. Im Regelfall geht es ganz ohne zutun - ein bisschen Glück vorausgesetzt. Doch, alt sein und dabei ein Leben lang wertschätzend und aufmerksam gegenüber anderen Personen, anderen Meinungen und Kulturen, zukünftigen Generationen und gegenüber allen Lebewesen und der Natur gewesen zu sein und mehr gegeben als genommen zu haben, das ist zum Niederknien bewundernswert. Und wem das auch noch gelungen ist, dem die Lebensumstände nicht gerade verwöhnt haben - dann zählt das wohl mehr als Olympiasiege und Nobelpreise - und viele Mal mehr als Gold und Geld.

 Aber, wie die Welt ist, wie sie ist, müssten es offensichtlich mehr sein, welche mit gutem Gewissen in den Spiegel schauen können. Bei manchen würde der Spiegel am liebsten zerbersten, wenn er das Lebenskonto von Selbstgefälligkeit, Verlogenheit, Gemeinheit, Maßlosigkeit, Raffgier und Stumpfsinnigkeit im Antlitz seines Gegenüber erblickt.

Geldnutzen

Bescheidenheit, Respekt, Initiative, Neugier und Gerechtigkeit (BRING) könnte eine solide Basis für ein besseres Leben sein. Und das wäre zweifelsfrei ein lohnendes Ziel.

Aber natürlich braucht es zum guten Leben auch materielle und immaterielle Dinge. Diese müssen erdacht und erarbeitet werden. Mit guten Ideen und deren Umsetzung, d. h. mit Neugier, Wissen, Kreativität und Initiative, Arbeit und Geld – um das dafür Notwendige beschaffen zu können. Und mehr Geld – wenn andere mittun müssen (wollen), denn mehr Menschen haben mehr Wissen, Ideen, Arbeitskraft. Geld von Investoren oder ein Kredit von Banken.
Geld ist somit ein notwendiges Mittel zum guten Zweck. Ein Tauschmittel. Der Einsatz ist dann wertvoll, wenn dadurch Ideen und Arbeit möglich werden – für etwas Nützliches, für etwas, das das Leben bereichert.

Wenn Geld aber von einem zum anderen wandert, ohne etwas Nützliches zu generieren, dann ist es (bestenfalls) ein Nullsummenspiel. Dann wird es zum Selbstzweck, das nur den Organisatoren dieses Spiels hohe Renditen bringt.
Derzeit ist dieser Anteil ein Vielfaches vom Nützlichen. Ohne einen Beitrag für ein schöneres, besseres und längeres Leben zu bringen – im Gegenteil, die Kluft zwischen Übermaß und Not & Elend wird immer größer.
Es wäre so einfach, diesem einen Riegel vorzuschieben: Werte Staatenlenker macht endlich Schluss mit dem jahrelangen Gequatsche über eine Finanztransaktionssteuer. Tut es.

Man muss es tun

Wenn „BRING-Werte" in den Familien und in den Kindergärten gelebt werden, dann wird es immer mehr bescheidene, respektvolle, initiative, neugierige und gerechte Menschen geben.

Mehr Menschen mit dem Wunsch Neues zu erfahren und insbesondere Verborgenes kennenzulernen – mit Interesse am Wissenswerten, mit Forscherdrang und Suche nach dem Verstehen (nach dem „Warum?"), um nicht bei der erstbesten Lösung hängen zu bleiben. Damit die wirklichen Ursachen der Probleme beseitigt werden können. Und dieses Wissen wird immer notwendiger werden, um die Effektivität, den Wirkungsgrad von Maschinen, Anlagen und Systemen in der Landwirtschaft, Industrie, in den Städten und Gemeinden und in den Haushalten zu erhöhen, um damit, mit den begrenzten Ressourcen unserer Erde, einer wachsenden Bevölkerung gute Lebensbedingungen zu ermöglichen.

Und **Bescheidenheit und Respekt** machen dieses **Wissen** entscheidend **wertvoller.**

Wissen mit diesem Rahmen (Bildung) ist dann die Grundlage, um sich in einer komplexen Welt zurechtfinden zu können und damit ein Weg zu mehr Gerechtigkeit. Und die braucht es dringend, in unserer (vom Menschen oft unbeeinflussbaren) ungerechten Welt.

Und wir brauchen die Menschen mit Initiative und Engagement, damit unsere Welt immer und immer wieder ein Stück besser wird – für den Einzelnen, in der Familie, in den Kommunen, in der Arbeitswelt, in der Wirtschaft, auf den Ämtern und Behörden, in der Politik und auf allen Plätzen dieser Welt.

All das wird notwendig sein. Aber es ist **nicht** die Lösung für die gewaltigen Probleme **unserer Tage**.

Es muss jetzt viel mehr geschehen, um die Armut und den Hunger in der Welt, die Zerstörung von Natur, die Verschmutzung der Umwelt und den Raubbau an den Ressourcen, den Terror und die politischen Unruhen, die Tierquälerei, die Korruption in der Wirtschaft und in der Politik, die Unfairness und die Ungerechtigkeit und die Ineffektivität in der Bürokratie wirkungsvoller zu bekämpfen. Es muss mehr geschehen, um der Verantwortung für nachfolgende Generation gerecht zu werden, die unsinnigen Transporte einer irregeleiteten Globalisierung einzudämmen, die gewaltigen Dimensionen der Finanzspekulationen zu verhindern, die notwendigen Anpassungen an den demografischen Wandel in der Gesellschaft durchzuführen, zielführende Maßnahmen gegen die Zivilisationskrankheiten zu setzen und Katastrophenvorsorge und Katastrophenmanagement wirkungsvoll durchzuführen.

Alle diese Probleme sind **vorwiegend Menschenwerk** und es liegt in den Köpfen und in den Händen der Menschen diese Probleme zu lösen.

Werte Staatenlenker, korrigieren sie ihre Prioritäten. Packt es an.

Vernunft

Mit voller Hose lässt sich leicht stinken, das ist eine der nachhaltigen Wahrheiten auf diesem Planeten. Und das ist auch jene Wahrheit, warum Besitzende immer mehr besitzen und der Abstand zu den Nichtbesitzenden größer und größer wird.

Das liegt im System, denn ohne Wachstum, steigendem Geldvolumen und Geldumlauf kommt Sand ins Getriebe und die Räder stehen still. Daher wird Geld in die Menge geworfen – zu oft um kurzfristige Eigeninteressen zu unterstützen oder Maßlosigkeit zu fördern. Und wenn das Geld verprasst ist und die Schuld für viele Schuldner so groß wird, dass für das Zurückzahlen neues Geld benötig wird, dann wird es teuer – denn billiges Geld bekommt in der Regel nur der, der es nicht unbedingt braucht.

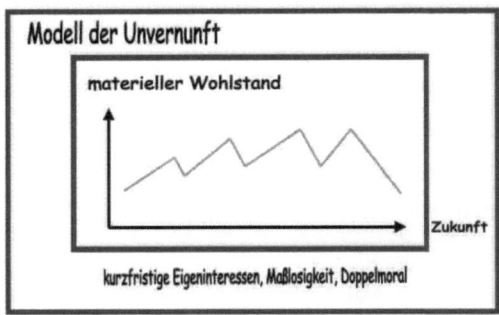

Die Folge ist, dass für eine immer größer werdende Schuldnerschar immer größere Anteile am verfügbaren Einkommen für die Zinsen draufgehen und somit weniger ausgegeben werden kann. Damit wandert mehr Geld zu den Geldgebern und sie werden zu Mehrbesitzern.

Für die Mehrbesitzer ist es aber dann auch nicht so leicht mehr Geld auszugeben, denn wenn man beispielsweise bereits 365 Paar Stuart-Weitzman-Schuhe in den Schränken hat, können weitere Schuhe das Ansehen bei ihresgleichen kaum noch steigern. Auch lassen sich schwer mehr als ein Kilogramm Beluga-Kaviar pro Tag verdrücken.

Also müssen andere Geldanlagen her, seien es Immobilien, Grundstücke, Kunst, Gold oder Wertpapiere aller Art. Dann wird im Klub der Mehrbesitzenden gekauft und verkauft, dass sich die Balken biegen.

Für die Mehrheit der Wenig- und Nichtbesitzenden und in der Folge für die reale Wirtschaft bleibt immer weniger und das stört das systemnotwendige Wirtschaftswachstum empfindlich.

Nach den Gesetzen der Logik (und auch der Geschichte) folgt nun Unausweichliches: Der Mehrheit reicht es: Das Geld von den Mehrbesitzenden kehrt wieder zurück: in dem die Schuldner ihre Schulden nicht oder nur teilweise zurückzahlen oder durch Inflation (in allen erdenklichen Varianten – von schleichend bis zur massiven bzw. totalen Geldentwertung).

Damit die Geschichte von Neuem beginnen kann.

Ob es besser, vernünftiger geht?   **JA**

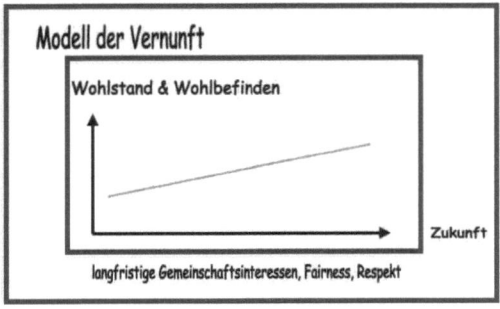

Prioritäten

„Die Scheidungsparty war viel geiler, als meine Hochzeit", sagt die 52-jährige Kosmetikerin über das Fest bei ihrer zweiten Scheidung. „Ich habe ihn ausgemustert, entsorgt. Der hat es einfach nicht gebracht, der Schlappschwanz. Der Erste war ein Workaholic, nur Arbeit und Hausbau im Sinn und keine Zeit für Spaß und Disco."

Im deutschsprachigen Europa wird jede dritte Ehe geschieden, davon überdurchschnittlich viele in den Großstädten. Rekordverdächtig ist – küss die Hand gnädige Frau – Wien mit über 63 Prozent.
Damit gibt es Scheidungen, wie Geburten oder Hochzeiten. Und vorne weg liegen die Frauen. In über 55% der Fälle wird der Scheidungsantrag nur von der Frau eingereicht. Die Frauen haben sich emanzipiert und nehmen ihr Leben selbstbewusst in die Hand.

Auch die Ehezeit wird kürzer: Viele Ehen schaffen es gar nicht bis zum verflixten 7. Jahr und werden schon vorher geschieden. Eine Scheidung ist heute nicht das Ende, sondern ein neuer Anfang. Viele Frischgeschiedene haben noch viel vor und feiern ihre Trennung.
Alles Roger, solange er/sie tut, was sie/er will. Wenn nicht, dann ist Schluss mit lustig. Die Zeiten der Kompromisse und der Einschränkungen sind dann endlich vorbei. „Tschüss, baba und fall nicht. „

Selbstbestimmung – **selbst, selbst, ich** – und ein Hoch dem Ego-Motto „Ich will alles und das sofort.

Er ist also da, der Fortschritt, um den alle so gerungen haben. Nun dürfen sich alle Selbstverwirklichen – beispielsweise beim Belege einscannen an den Supermarktkassen, beim Telefonverkauf oder beim Fünfsekundentakt an den Fließbändern.

Gleichheit für Mann und Frau. Frau und Mann, alle dürfen/müssen alles machen müssen/dürfen. Biologie hin oder her. Und wenn es sonst nicht gelingt, dann mit Quote.

Kinder stören offensichtlich diese Idylle – oder hat die sinkende Anzahl der Kinder (bei gleichzeitig steigendem Anteil an unehelichen Kindern) in vielen Übermaßgesellschaften andere Gründe?

Genervt vom Job, vom Chef, von der Kollegin, von den Kunden und von den beruflichen Verpflichtungen, After-(work)-parties, BCTM´s (Business-Come-Together-Meetings) und aufregenden Geschäfts- und sonstigen Kontakten – und da soll noch Zeit und Energie für die nervenden und neugierigen Forscherschreihälse zu Hause übrig sein – für einen oftmals wenig bedankten Arbeitseinsatz als Kinderzieher(in) und Familienmanager(in)?

Da müssen dann eben Prioritäten gesetzt werden – für den Fortschritt. Keine Kinder oder die Erziehung auslagern oder alles bereitstellen, dass endlich Ruhe herrscht. Oder dem Zufall überlassen. Und wenn der Zufall gnädig ist, dann werden die Kinder maßvoll mit Ressourcen umgehen (bescheiden sein), Rücksicht auf Lebewesen und auf die Natur nehmen (respektvoll sein), anpacken und Herausforderungen annehmen (initiativ sein), aufmerksam die Welt zu begreifen versuchen (neugierig sein) und fair Güter und Chancen zu teilen bereit sein (gerecht sein).

Doch leider dürfte der Zufall öfters andere Sorgen haben, oder hat die steigende Jugendkriminalität, Häufungen psychischer Störungen, Drogenkonsum, Online- und Spielsucht andere Gründe, als zu wenig Zeit und Inhalt für die Kindererziehung in der Familie?

Die Wirtschaft freut´s, denn die Aussichten auf nachhaltige Umsätze sind blendend: Diabetes, Fettleibigkeit, Magersucht, psychische Störungen und Abhängigkeiten von allen möglichen Drogen inklusive der Spiel- und Online-Sucht lassen die Kassen klingeln. Und dabei geht es um hoch qualifizierte Arbeitsplätze, welche dauerhaft gesichert werden: Ärzte, Psychologen und Pfleger. Und nicht zu vergessen: die vielen Fachkräfte in den Spielautomatenbuden und Besäufnistempeln.

PS: Ein sicher noch unreifer Vorschlag, aber eine Anregung: Es braucht viel mehr Anerkennung für die Erziehungsleistung, für den Wert dieser Aufgabe für die Zukunft unserer Gesellschaft – und ein finanzielles Dankeschön: Jede Mutter (oder jeder Vater, wenn er für die Erziehung der Kinder gesorgt hat) erhält für jedes ihrer Kinder mit ordentlichem Grundschulabschluss und 25 Jahren ohne Vorstrafeneintragung 100.000 Euro auf ein Treuhandkonto.

Gewidmet von der Finanztransaktionssteuer.

Nicht mehr - aber besser!

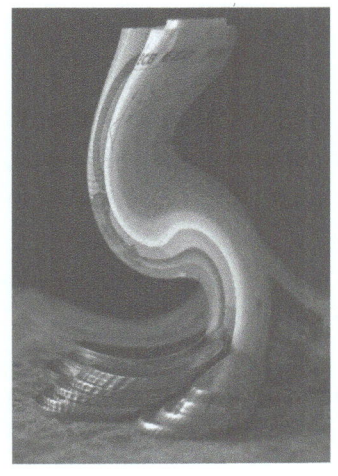

Wenn das materielle Wachstum an Grenzen stößt, ist bei der Lebensqualität noch viel möglich. Und das Gute daran – das ist es, worauf es im Leben letztlich ankommt. Zufrieden leben in einer fairen und gerechten Welt, gestalten können, respektiert werden. Es gibt mehrfach die Erkenntnis, dass die Lebenszufriedenheit der Menschen in den entwickelten (?) Volkswirtschaften nicht gestiegen ist, auch wenn sich das Bruttoinlandsprodukt vervielfacht hat. Und, dass die Menschen vieler Völker mit geringerem BIP pro Kopf zufriedener sind, als die Menschen reicher Staaten. Und auch, dass je reicher Staaten sind, die Kluft zwischen Arm und Reich größer wird. Und – was letztlich unumstößlich ist, dass jedem Wachstum natürliche Grenzen gesetzt sind.

Wesentlich ist daher der Anteil vom BIP, welcher zur Lebensqualität beiträgt. Es geht um Qualität und weniger um Quantität. Es geht um sinnvolle Arbeit. Arbeitsleistungen, welche die Lebensqualität nicht erhöhen sind ohne Wert. Dabei bedeutet besser machen auch, es effektiver, fairer, gerechter, intelligenter, lieber, maßvoller, nachhaltiger, respektvoller tun.

Daher stellen sich die Fragen:
Wie, womit entsteht das BIP und was wird damit gemacht?
Was machen der Staat mit den Steuern, die Betriebe mit den Gewinnen und die privaten Haushalte mit dem Einkommen?

Es wird wohl kaum ein besseres, wichtigeres und richtigeres Ziel geben, als ein Leben mit Qualität, erfüllte Erwartungen und somit eine hohe Zufriedenheit. Ein gelingendes Leben.

Und um diese Qualität zu erreichen, sind Effektivität und Fairness wesentliche Prozessparameter. Effektiv die richtigen Ziele verfolgen, das Richtige richtig tun – mit Initiative und Neugier. Und dabei fair sein – gerecht, respektvoll und bescheiden.

Eine Politik mit Qualität muss sich daher diese Frage stellen:

Ist es effektiv, was wir für ein gelingendes Leben tun und ist es fair, wie wir miteinander umgehen?

Es müssen die richtigen Ziele und die richtigen Maßnahmen sein. Beispielsweise ein effektives Gesundheitssystem (effizient Krankheiten und Unfällen vorbeugen und nicht ineffizient Kranksein verwalten) oder die Vermeidung unnötiger Vielfalt in der Bürokratie.

Und es würde nicht bedeuten, effizient das Falsche zu tun – beispielsweise Tiere in Massen zu halten (und zu quälen), bedenkenlos die Umwelt zu zerstören und knappe Ressourcen zu verschleudern. Und auch nicht effizient Tomaten anzubauen und Tausende Kilometer hin und her zu karren ...

Der Lebensqualität würde es gut tun, wenn ...

- die Kluft zwischen Arm und Reich kleiner und nicht größer wird,
- mit Ressourcen verantwortungsvoll umgegangen wird und nicht Millionen Tonnen Lebensmittel im Müll landen,
- Steuergelder nicht für aufgeblähte und redundante Verwaltungsstrukturen verschwendet werden,
- der Regulierungswildwuchs und der Prestigeföderalismus ein erträgliches Ausmaß einnimmt und Investitionen nicht nach dem Regionalproporz verteilt werden,
- Prävention im Gesundheitswesen den notwendigen Stellenwert bekommt und Doppelgleisigkeiten, falsche Diagnosen und Therapien und unnötige Medikamente Ausnahmen sind
- im Rechtssystem Gerechtigkeit und Überschaubarkeit Priorität bekommen,
- in einem effektiven Ausbildungswesen nicht nutzloses Wissen mit einer Halbwertszeit von Stunden vermittelt wird,
- die Umwelt geachtet wird, Luft und Wasser sauber ist und der Zugang zu Natur- und Grüngebieten möglich ist,
- die Lärm- und Lichtverschmutzung reduziert wird,
- Lebensmittel nicht über Tausende Kilometer transportiert werden (z. B. aufgrund obskurer Exportförderungen), obwohl sie um die Ecke wachsen (könnten),
- Betriebe und Ämter die Qualität und Kundenorientierung leben und weniger darüber prahlen,
- langlebige und nützliche Produkte und Dienstleistungen produziert werden,
- instand halten, reparieren lohnender ist, als wegwerfen,
- der wie ein Krebsgeschwür wuchernde und aufgeblähte Bankensektor und Kapitalmarkt wieder das macht, was seine Aufgabe ist,
- Spekulanten und Abzockern Einhalt geboten wird,

- die Lügen und Halbwahrheiten in der Werbung verschwinden und das erbärmliche Werbegebrüll verstummt,
- Maßnahmen gesetzt werden, um Unfälle im Verkehr und in der Freizeit zu reduzieren,
- der PKW-Verkehr für die Kosten von Umwelt- und Unfallschäden aufkommt und damit Bahnen, Busse, Fahrräder, Leihautos sinnvoll miteinander vernetzt werden,
- funktionierenden Familien und der Kindererziehung die Beachtung zu Teil wird, die notwendig ist, um eine bessere Welt von morgen zu ermöglichen – und, wenn
- Werte, wie Bescheidenheit, Respekt, (Eigen-) Initiative, Neugier und Gerechtigkeit in der Gesellschaft mehr Normalität erlangen.

Da findet sich also genug Potenzial für weniger Stress, Ärger und Leid und für mehr Lebensqualität.

Und dazu braucht es nicht mehr Geld.

Anhang: Große Herausforderungen

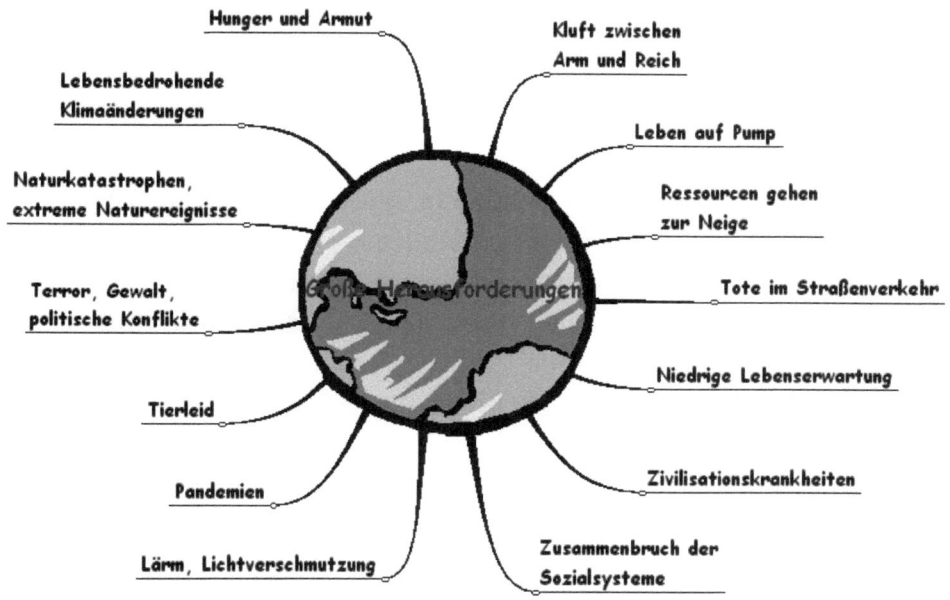

Anmerkungen zu den Daten auf den folgenden Seiten: Die Opferzahlen sind Schätzungen. Die Statistiken internationaler Organisationen liefern manchmal (große) unterschiedliche Darstellungen. Die Vollständigkeit und Genauigkeit der Datenerfassung und die Interpretation/Zuordnung bei der Datenschichtung können hier nicht überprüft werden. Manchmal werden bei der Ermittlung der Opferzahlen die Verluste an Lebenszeiterwartung in Bezug zur Lebenszeiterwartung gesetzt (z.B. beim Einfluss der Radioaktivität).

Die angeführten Daten können daher nur eine Information über das Problemausmaß geben. Obwohl jedes einzelne Opfer oder Schicksal zählt, geht es in dieser Darstellung um Größenordnungen.

Größenordnungen, welche nach Maßnahmen, nach der Beseitigung der Ursachen aufrufen.

Unterernährung

8,8 Mio. Tote im Jahr 2007.

25 Tsd. Tote pro Tag. Unter den Toten sind vorwiegend Kinder.

Quelle: Food and Agriculture Organization of the United Nations, FAO

Rauchen (Tabakkonsum)

5,4 Millionen Tote pro Jahr (entspricht etwa einem Jumbojetabsturz pro Stunde). 600 Tsd. Tote durch Passivrauchen.

Tendenz steigend. Das Bevölkerungswachstum mit eingerechnet, könnte die Gesamtzahl der Toten damit in diesem Jahrhundert bei einer Milliarde liegen.

Die meisten davon sterben an Krebs sowie Herz- und Gefäßkrankheiten. Durchblutungsstörungen, Sauerstoffmangel in allen Organen.

Quelle: World Health Organization (WHO)

Alkoholkonsum

2,5 Mio. Tote pro Jahr. Die meisten davon sterben durch alkoholbedingte Unfälle, viele aber auch an Krebs, Herzkreislauf-Erkrankungen oder Leberzirrhose.

Quelle: WHO

Verseuchtes Wasser, mangelnde Hygiene

1,6 Mio. tote Kinder unter fünf Jahren im Jahr 2005.

Quelle: WHO

Straßenverkehr

40 Mio. Tote insgesamt 1900 bis 2010.

1,2 Mio. Tote und bis zu 50 Mio. Verletzte im Jahr 2010.

Quelle: WHO

Arbeitsunfälle und berufsbedingten Erkrankungen

Mehr als 1 Mio. Tote pro Jahr.

250 Mio. Arbeitsunfälle. 12 Millionen aller Arbeitsunfälle sind Unfälle von Kindern.

Quelle: Internationalen Arbeitsorganisation (ILO)

Selbstmorde

1 Mio. pro Jahr.

Auf jeden Selbstmord kommen rund 20 erfolglose Versuche.

Quelle: WHO

Verbrechen und Gewalt

653 Tsd. Tote pro Jahr.

Quelle: WHO

Grippe

250 bis 500 Tsd. Tote pro Jahr.

Quelle: WHO

Erdbeben

718.747 Tote im Zeitraum 2001 bis April 2011.

Quelle: US Geological Survey

Tsunami in Asien im Dezember 2004

Mehr als 300 Tsd. Tote.

Fast eine Million Menschen wurde obdachlos.

Ganze Küstenregionen wurden verwüstet, Dörfer, selbst Inseln gingen in den Fluten unter.

Quelle: Fischer Weltalmanach

Hitzewelle August 2003

66.720 Tote in Italien, Frankreich, Spanien, Deutschland, Portugal.

Quelle: Centre for Research on the Epidemiology of Disasters

Reaktorexplosion Tschernobyl im April 1986

IAO: 4 Tsd. Tote bis 2005.

WHO: 14 bis 17 Tsd. Tote bis 2007.

Studie im Auftrag der EU-Grünparteien: 30 bis 60 Tsd. Tote (inkl. der Todesfälle, welche aufgrund der Reaktorexplosion noch zu beklagen sein werden).

Tausende Quadratkilometer sind auf Tausende Jahre praktisch unbewohnbar.

Quellen: IAO, WHO, EU-Grünparteien

Kohlebergbau

8 Tsd. Tote pro Jahr, vorwiegend in China.

Quelle: FAZ

Stürme

856.230 Tote im Zeitraum 1900 bis 2010 (erfasst wurden die Daten von bedeutenden Stürmen).

Quelle: Centre for Research on the Epidemiology of Disasters

Vulkanausbrüche

76.200 Tote im Zeitraum 1900 bis 2010 (erfasst wurden die Daten von bedeutenden Vulkanausbrüchen).

Quelle: Centre for Research on the Epidemiology of Disasters

Waldbrände

2,1 Tsd. Tote und 5,3 Mio. betroffene Personen im Zeitraum 1900 bis 2010.

Mittelmeerraum: 50 Tsd. Brände jährlich (etwa 800 Tsd. Hektar; besonders betroffen sind Spanien, Portugal, Italien und Griechenland).

Nur vier Prozent der Brände haben eine natürliche Ursache, wie zum Beispiel Blitzschlag.

Quelle: Centre for Research on the Epidemiology of Disasters und FAO

Hochwasser, Flutkatastrophen

1,5 Milliarden betroffene Personen im Zeitraum 1990 bis 2010 (bedeutendste Flutkatastrophen, vorwiegend in China).

Quelle: Centre for Research on the Epidemiology of Disasters

Unfälle Freizeit, Sport und Haushalt

80 Tsd. Tote pro Jahr in den EU-Staaten.

Quelle: EU-Kommission

Fehlerhafte Behandlungen in Krankenhäusern

37 Tsd. Tote pro Jahr in europäischen Krankenhäusern.

Quelle: EU-Kommission

Erdbeben und Nuklearkatastrophe Fukushima, März 2011

Am 11. März 2011 erschütterte ein Erdbeben der Stärke 9,0 Japan und löste einen Tsunami aus. Das Epizentrum lag in einer Tiefe von zehn Kilometern rund 80 Kilometer vor der Ostküste Japans. Die Unfallserie führte zu einer erheblichen radioaktiven Kontamination von Luft, Böden, Wasser und Nahrungsmitteln in der land- und meerseitigen Umgebung. 23 Tsd. Menschen kamen ums Leben oder gelten weiterhin als vermisst.

100 Tsd. Häuser wurden komplett zerstört. Rund eine halbe Million Menschen wurden obdachlos. Hunderttausende in landwirtschaftlichen Betrieben zurückgelassene Tiere verhungerten.

Die Schäden belaufen sich laut Schätzungen der Regierung auf rund 230 Milliarden Euro. Damit wäre das Erdbeben von Japan die teuerste Naturkatastrophe in der Geschichte. Das Gebiet um die Atomruine wird möglicherweise auf lange Sicht unbewohnbar bleiben.

Quellen: Die Zeit, Fokus Online, Der Spiegel

Im folgenden Kapitel geht es um „Auswege", um Wege die großen Herausforderungen zu meistern. Es sind Anregungen fürs „Besser tun". Nicht mehr, aber auch nicht weniger.

Auswege

Hunger und Armut

Mehr als 1,5 Milliarden Menschen leben in Armut und weit über 10 Mio. Menschen – meistens Kinder– sterben jedes Jahr an den Folgen von Hunger und Armut.

Ursachen:
- Die Strukturen des Welthandels, die Dominanz der Industrieländer.
- „Agrardumping". Exportsubventionen von Produktionsüberschüssen in den Industrieländern ruinieren den Aufbau lokaler Märkte in den Entwicklungsländern.
- Die Regierungen der Industriestaaten nehmen ihre Verantwortung für die Entwicklungshilfe unzureichend wahr.
- Neben dem Umfang sind diese Hilfen auch zu wenig wirksam (schlechte Koordination, Korruption, zu wenig Hilfe zur Selbsthilfe).
- Politische Konflikte.
- Siehe auch: Kluft zwischen Arm und Reich

Verbesserungsvorschläge:
- Die Industriestaaten übernehmen Verantwortung, beschließen ambitionierte Ziele und verfolgen diese mit Konsequenz.
- Die NGO´s werden eingebunden und es wird gemeinsamen an einem Strang gezogen.
- Es wird Hilfe zur Selbsthilfe (ohne Eigeninteressen) angeboten und in nachhaltige, Struktur verbessernde Maßnahmen in den Entwicklungsstaaten investiert.
- Siehe auch: Kluft zwischen Arm und Reich

Lebensbedrohende Klimaänderungen

Naturkatastrophen werden häufiger und intensiver. Die Meeresspiegel werden steigen und die Lebensräume von vielen Millionen Menschen bedrohen.
Landwirtschaftlich nutzbare Flächen werden sich extrem verändern.

Ursachen:
Die Erwärmung der Erdoberfläche korreliert über 400.000 Jahren mit der Konzentration der Treibhausgase in der Atmosphäre. Seit 1950 gibt es einen Anstieg der Treibhausgase (CO_2 von 320 auf 380 ppm). In den vergangenen 400 Tsd. Jahren zuvor, pendelte dieser Wert zwischen 200 und 300 ppm. Dieser (von Menschen verursachte Anstieg) ist auf die Verbrennung (Industrie, Verkehr, Haushalte) fossiler Stoffe (Öl, Kohle) und auf die Landwirtschaft (Kohlendioxyd und Lachgas durch Überdüngung, Rodungen und Tiermast) zurückzuführen.

Verbesserungsvorschläge:
- Effektive Maßnahmen um den Energieverbrauch – in den Städten und Gemeinden, in der Industrie und im Gewerbe, im Verkehr, in der Landwirtschaft und in den privaten Haushalten – zu reduzieren, haben höchste Priorität.
- Die Energie wird vorwiegend nachhaltig (Sonne, Wind, Wasser) erzeugt.
- Die Kosten für Energie aus fossilen Brennstoffen steigen und beinhalten die Umwelt-Folgekosten dieser Energieform.
- Lebensmitteltransporte werden teurer. Transporte über Tausende Kilometer rechnen sich nicht mehr.

Wichtige Ressourcen gehen zur Neige

Ursachen:
- Raubbau an Natur und Umwelt.
- Wassermangel und Wüstenbildung, Umweltverschmutzung durch Chemikalien, Plastik im Meer, Artensterben, Überfischung, Kahlschlag der Regenwälder.
- Die Ressourcenknappheit wird sich in Zukunft noch dramatisch verschärfen, denn die Weltbevölkerung wird in den nächsten 40 Jahren auf über neun Milliarden anwachsen und wird immer mehr der knappen Ressourcen benötigen. Diese Situation wird durch Klimaänderungen verschärft.
- Verteilungskämpfe sind vorprogrammiert. In Afrika wird sich die Bevölkerung bis zum Jahr 2050 mehr als verdoppeln, in Asien und Lateinamerika um die Hälfte anwachsen und in den USA und Kanada um ein Drittel vermehren. Die geringsten Zuwächse wird es in Europa geben – schon heute werden in Europa weniger Kinder geboren als Menschen sterben.

Verbesserungsvorschläge:
- Die Maßlosigkeit in den Industriestaaten und der Wachstumswahn wird beendet (siehe „Leben auf Pump").
- Ressourcen und Rohstoffe werden zum „Chefthema" der Staatengemeischaft.
- Die UNO überwacht die Verfügbarkeit und die Verteilungsgerechtigkeit bei lebenswichtigen Ressourcen (Wasser, Grundnahrungsmittel, Energie) und koordiniert und unterstützt die jeweiligen Regierungen bei der langfristigen und nachhaltigen Planung.
- Die private Spekulation mit lebenswichtigen Ressourcen wird unterbunden.

Kluft zwischen Arm und Reich

Seit mehr als einem Jahrzehnt wird die Kluft zwischen Arm und Reich immer größer. Wenige Prozent der Gesellschaft besitzen immer mehr des Gesamtvermögens und die Armen werden immer ärmer.

Ursachen:
- Die Strukturen des Welthandels bewirken, dass die Entwicklungsländer nicht aus Armut und rückständigen Entwicklung herauskommen.
- Das Handelsvolumen des ungezügelten Finanzmarktes. In diesem System wandert Geld immer nur von Reich zu Reich.
- Die Maßlosigkeit der „Lasst Geld arbeiten" – Scheinwelt. Die wahnwitzige Größenordnung dieser Zeitbombe birgt großes Risiko für die an diesem Spiel unbeteiligten Armen. Sie sind die Verlierer dieses Spiels.

Verbesserungsvorschläge:
- Faire Bedingungen für die Entwicklungsländer, um ihre Wirtschaft weiter zu entwickeln können und ihnen dabei zu helfen.
- Der Finanzmarkt wird an die Kandare genommen und darf in der Größenordnung das weltweite BIP nicht überschreiten.
- Spekulative Derivate und Leerverkäufe werden verboten.
- Spekulative Transaktionen werden besteuert.
- Banken, Wertpapierhändler und Börsen müssen zu dem zurückkehren, wofür sie eigentlich da sein sollen: für (nachhaltig agierende) Investoren und nicht für Spekulanten.

Leben auf Pump

Die Staatsverschuldung explodiert in vielen Staaten und ist höher als die Jahreswirtschaftsleistung des Staates.

Ursachen:
- Die Gier steckt tief in den Genen der Menschen.
- Maßlosigkeit und Wachstumswahn in den Industriestaaten.
- Die Geldmenge wird drastisch aufgeblasen und der Teufelskreis, Schulden mit weiteren Schulden lösen zu wollen, setzt sich mit unverantwortlichen Vorgriffen auf die Zukunft fort.
- Cool, geil, das ist schick. Das müssen wir haben, auch wenn wir es uns nicht leisten können. Der Zeitgeist fördert den Gier-Nachwuchs und produziert die Gier-Profis.

Lösungsmöglichkeiten:
- Bescheidenheit, Respekt und Fairness sind Grundwerte für die Gesellschaften und im realen Leben fest verankert.
- Es ist eine der wichtigsten Aufgaben für die Eltern, diese Werte bei der Erziehung ihrer Kinder weiterzugeben.
- In Kindergärten und Schulen werden diese Werte immer wieder deutlich gemacht und für alle Lebenssituationen konkretisiert.
- Wirtschaftsysteme müssen funktionieren, auch ohne Wachstumsraten. Es gibt immer etwas zum besser tun, es muss nicht immer mehr sein.
- Schulden machen um den Konsum anzukurbeln wird teurer.
- Investitionen für sinnvolle Projekte, welche Nutzen in der Zukunft bringen, werden gefördert.
- Werbeaussagen müssen mit anerkannten Studien bewiesen werden.

Zivilisationskrankheiten

Die Zivilisationskrankheiten (Herz- und Gefäßkrankheiten, Diabetes, Bluthochdruck, Übergewicht und Adipositas, Gicht, Allergien, Karies, Krebsarten, Hauterkrankungen, Essstörungen, psychiatrische Erkrankungen) nehmen zu. Besonders bei Kinder und Jugendlichen ist die Entwicklung in den letzten Jahren besorgniserregend. Von 77 Millionen Kinder in der EU sind 14 Millionen übergewichtig und jedes Jahr werden es 400 Tsd. mehr. Noch weit schlimmer ist die Situation in den USA.

Ursachen:
- Ungesunde, unausgewogene Ernährungsgewohnheiten der Wohlstandsgesellschaft: Zu viel Zucker, Fett und Salz.
- Die Manipulation des Essverhaltens (besonders von Kindern) erfolgt durch Produkte mit versteckten Zucker, Aromen und Geschmacksverstärker. Dadurch wird das Geschmacksempfinden für die kommende Erwachsenengeneration nachhaltig geprägt.
- Das Wirtschaftssystem der Lebensmittelindustrie funktioniert ohne Wachstum nicht mehr. Es muss immer mehr produziert und verkauft werden. Mit allen, auch unlauteren Mitteln.
- Mangel an Bewegung und Sport.

Lösungsvorschläge:
- Die Fettleibigkeit der Kinder und Jugendlichen ist eine wichtige Kenngröße für die Regierungen. Es werden die entsprechenden Maßnahmen gesetzt und der Erfolg überwacht.
- Gesunde Ernährung und ausreichende Bewegung ist Thema in den Kindergärten und Schulen. Die Eltern werden aufgefordert und eingeladen dabei mitzumachen.

- Die Lebensmittelindustrie muss aus der Wachstumsfalle aussteigen und ihre Produkte richtig und umfassend deklarieren. Für Halbwahrheiten, Tarnen, Täuschen und unlesbares Kleingedruckte gibt es empfindliche Strafen.
- Lebensmitteltransporte werden teurer (siehe „Lebensbedrohende Klimaänderungen"). Dadurch können lokale, klein strukturierte Lebensmittelerzeuger im Wettbewerb bestehen und ihre (gesünderen) Produkte auf lokalen Märkten anbieten.

Lärm, Lichtverschmutzung

Ein durch Lärm und Licht gestörter Tag-Nacht-Rhythmus löst negativen Stress aus und ist eine Kernursache für psychische und physische Erkrankungen. Lärm hat Auswirkungen auf Gesundheit und Wohlempfinden, ist die häufigste Berufskrankheit und neben dem Rauchen das zweitgrößte Risiko für Herzerkrankungen.

Ursachen:
- Zunehmender Verkehrslärm (Straßenverkehr, Eisenbahnlärm, Fluglärm), Industrie- und Gewerbelärm, Schiesslärm, Discolärm und Dauerberieselung durch Radio, Fernsehen und sonstiger Musikquellen.
- Schlechte Beleuchtungseinrichtungen.
- Lichtglocken über den Städten und Siedlungsgebieten. Beleuchtung, welche in vielen Fällen die Ziele nicht erreicht und welche das Licht in den Himmel strahlt (in dem wir nicht wohnen).

Lösungsvorschläge:
- Der Schutz vor Lärm- und Lichtbelästigung ist ein einklagbares Recht.
- Gesetzliche festgelegte und deutlich strengere Mindeststandards regeln die maximal zulässigen Lärm- und Lichtimmissionen und die erforderlichen aktiven und passiven Schutzmaßnahmen.
- Einsatz energieeffizienter Lichtquellen die Licht nur dorthin strahlen, wo es benötigt wird und eine angemessene und angenehme Beleuchtung garantieren.

Tiere quälen

Milliarden Tiere werden rund um die Uhr gequält. Unendliches Tierleid ist die Folge der Verbrechen an den schutz- und wehrlosen Kreaturen für einen stetig wachsenden Fleischanteil an der Ernährung. Die Intensivhaltung bei allen Tieren ist die Regel: 99,9 % bei den Masthühnern, 97 % bei den Legehennen, 99 % bei Puten, 95 % bei Schweinen und 78 % bei Rindern.

Ursachen:
- Die industrielle Tierhaltung, Fütterung und Tierschlachtung ermöglicht eine Fleischproduktion zu niedrigsten Preisen (obwohl eine äquivalente pflanzliche Ernährung mit einem Zehntel der benötigten Fläche auskommen würde).
- Es geht alles über den Umsatz. Diese grausame Tierquälerei wird hinter verlogenen Tierschutzstandards versteckt und verborgen, um weltweit dafür zu sorgen, dass diese Gewalt vergessen oder missverstanden wird.

Lösungsvorschläge:
- Für die Tierhaltung gilt die kompromisslose Verpflichtung, die Tiere artgerecht zu halten und zu füttern.
- Die Schlachtung muss absolut schmerzfrei und ohne Stress für die Tiere erfolgen.
- Neue Tierschutzstandards werden ihrem Namen gerecht und es wird regelmäßig und unangemeldet überprüft.
- Die Tiernahrung muss aus zertifizierten Biobetrieben stammen (ohne Nahrungsergänzungsmittel und Medikamente).
- Bei Verstößen gegen diese Standards gibt es empfindliche Strafen und der Betrieb wird ausnahmslos gesperrt. Massentierhaltung wird somit nicht mehr möglich.
- Der Fleischkonsum wird deutlich reduziert und durch pflanzliche Nahrung ersetzt.

Zusammenbruch der Sozialsysteme

Weltweit droht ein Zusammenbruch der Sozialsysteme und eine gravierende Zunahme von Altersarmut. In den Industriestaaten werden sich die Schuldenprobleme durch die demographische Entwicklung dramatisch verstärken. Von der zunehmenden Alterung der Bevölkerung sind aber nicht nur die reichen Länder betroffen, sondern auch die Staaten der Dritten Welt.

Ursachen:
- Die zunehmende Alterung der Bevölkerung stellt einen Wandel dar, wie ihn die Welt noch nicht erlebt hat. Nach Berechnungen der UNO kehrt sich bis 2050 die Alterspyramide der Weltbevölkerung um. Es wird dann doppelt so viele ältere wie jüngere Menschen geben.

- Nach aktuellen Schätzungen wird die Zahl der Menschen über 60 Jahre 21 Prozent der Weltbevölkerung ausmachen und die der unter 15-Jährigen übersteigen. Gründe dafür sind gesunkene Geburtenzahlen und eine gestiegene Lebenserwartung.

Lösungsvorschläge:
- Die Regierungen müssen mehr Engagement und eine engere internationale Zusammenarbeit bei der Bekämpfung der Altersarmut zeigen. Das bedeutet die notwendige Anpassung der Gesellschaft an den demografischen Wandel, bei der Beschäftigung, Gesundheit und Pflege und bei den sozialen Sicherungssystemen.
- Die Arbeitsmärkte werden auf die Konsequenzen der Alterung der Bevölkerung ausgerichtet.
- Pflegende und betreuende Familienangehörige werden unterstützt und die Solidarität zwischen den Generationen wird gestärkt.

Niedrige Lebenserwartung

In den Ländern Afrikas südlich der Sahara liegt die durchschnittliche Lebenserwartung bei 46 Jahren und ist um fast 30 Jahre niedriger als in den Industrieländern. Der Weltmittelwert beträgt 67 Jahre.

Ursachen:
- Mangelnde Hygiene, unsauberes Trinkwasser, unzureichende Ernährung und mangelnde ärztliche Versorgung in weiten Teilen der Dritten Welt. Durch die schlechtere medizinische Versorgung versterben viele Menschen auch an den Infektionskrankheiten AIDS, Malaria und Tuberkulose.

- In den Industriestaaten – dort, wo die medizinische Versorgung auf einem akzeptablen Niveau ist – sind es die fünf Schlüsselfaktoren Rauchen, Übergewicht, Bluthochdruck, Diabetes und mangelnde regelmäßige Bewegung.

Lösungsvorschläge:
Dritte Welt: Siehe „Armut und Hunger"
Industriestaaten: Siehe „Zivilisationskrankheiten"

Unfälle im Straßenverkehr

Seit Erfindung des Autos sind über 40 Millionen Menschen bei Unfällen gestorben. Derzeit sterben jährlich 1,2 Millionen Menschen im Straßenverkehr. Und 50 Millionen Verletzte sind zu beklagen. Und es werden mehr, wenn die Motorisierung in Asien (China, Indien) und Afrika weiter zunimmt.

Ursachen:
Mobilität bedeutet heute überall und zu jeder Zeit hin- und zurückzufahren. Zur Arbeit und um seine Bedürfnisse zu befriedigen. Früher geschah das zu Fuß, mit dem Rad, mit der Straßenbahn, dem Bus oder dem Zug. Noch früher mit der Kutsche oder dem Pferd, so man sich's leisten konnte. Heute überwiegend mit dem Auto. Immer öfter ist aber nicht der Weg das Ziel, sondern der Spaß (die Geschwindigkeit) beim Überwinden des Weges.

Lösungsvorschläge:
- Der PKW-Verkehr kommt für die Kosten von Umwelt- und Unfallschäden auf.

- Massiver Ausbau des öffentliche Verkehrs. Bahn, Busse, Fahrräder, Leihautos werden sinnvoll miteinander vernetzt.
- Höchstgeschwindigkeiten: 100 km/h auf Autobahnen, 80 km/h auf Überlandstraßen und 30 km/h im Stadtgebiet.
- Umfassende Kontrollen und ab zwei Übertretungen Führerscheinentzug für 6 Monate.
- In den Städten: City-Maut und Parkverbot auf Straßen und Gehwegen.
- In einem stetigen Prozess werden die Unfälle gründlich analysiert und die Ursachen wirksam beseitigt.
- Erhöhte Sicherheitsstandards der Fahrzeuge.

Pandemien

Laut WHO steht die Welt vor einer weiteren Grippepandemie. Alle Länder werden betroffen sein. Es wird zu Massenerkrankungen kommen. Die medizinische Versorgung wird unzulänglich sein. Es wird viele Tote geben. Die ökonomischen und sozialen Schäden werden enorm sein.

Ursachen:
- Influenza-A-Viren können außer dem Menschen noch verschiedene Säugetierarten wie beispielsweise Schweine sowie unterschiedliche Vogelarten infizieren.
- Schweine können sich mit Schweine-, Vogel- und Menschen-Influenzaviren anstecken. Dadurch kommt es zu einer Durchmischung der Gene von verschiedenen Influenzaviren. Als Folge können gefährliche Virus-Mutationen entstehen.

- Pandemien gehen daher häufig von Regionen aus, in denen Menschen, Schweine und Vögel auf engstem Raum zusammenleben.
- Eine Pandemie wird ausgelöst, wenn das neue Virus sich leicht von Mensch zu Mensch weiterverbreitet, und dabei seine krankmachende Wirkung nicht verliert.

Lösungsvorschläge:
- Die WHO bündelt die neuesten wissenschaftlichen Erkenntnisse.
- Ein international einheitliches Meldesystem, die Datenauswertung und Datenanalyse garantieren ein funktionierendes Frühwarnsystem.
- Die WHO koordiniert weiters die weltweite Zusammenarbeit mit allen Staaten und unterstützt bei der regelmäßigen Aktualisierung der Pandemiepläne zur Vorbeugung und Bekämpfung der Pandemie in den einzelnen Staaten.
- Sensibilisierung, Information und Mobilisierung der Bevölkerung.
- Umsetzung der Maßnahmen und laufende Überwachung der Ergebnisse (Ausbreitung).
- Versorgung mit antiviralen Medikamenten, Antibiotika und spezifischen Impfstoffen.
- Aufrechthalten des sozialen und wirtschaftlichen Lebens.

Terror und Gewalt, politische Konflikte

Ursachen/Lösungsvorschläge:
Siehe:
- Hunger und Armut
- Ressourcen gehen zur Neige
- Kluft zwischen Arm und Reich

Naturkatastrophen, extreme Naturereignisse

Die Häufigkeit von Naturkatastrophen, extremen Naturereignissen nimmt zu und die Auswirkungen werden gravierender. Waldbrände vernichten ganze Landstriche und Dörfer, Monsterwellen treffen auf Küstenregionen, Rekorderdbeben legen ganze Regionen in Schutt und Asche. Jahrhundertfluten überrollen Deiche und/oder überschwemmen das Land. Ungewöhnlich starke Hurrikane verwüsten Großstädte, extreme Regenfälle und Hagelschauer vernichten Ernten.

Ursachen:
- Die Abhängigkeit von immer komplexeren, zentralen Systemen und die erhöhte Anfälligkeit (mehr Menschen, Siedlungsgebiete in gefährdeten Zonen) der Bevölkerung gegenüber diesen Ereignissen sind die Ursachen für die steigende Tendenz von verheerenden Naturkatastrophen.
- Siehe auch „Lebensbedrohende Klimaänderungen".
- Und darüber hinaus: Die Erde ist ein brodelnder, dynamischer Planet. Kontinente und Ozeane schwimmen auf dem flüssigen Magma des Erdkerns. In immer wiederkehrenden Zyklen kommt es für den Menschen zu Katastrophen apokalyptischen Ausmaßes.

Lösungsvorschläge:
- Ausbau und Verstärkung der Strategien der Katastrophenvorsorge und Einsatz effektiver Frühwarnsysteme.
- Bewusstseinsbildung über die Gefährdung und verpflichtende Schulungen für alle Bürger: Nur wenn Staat und Bürger die Gefährdung auch als solche wahrnehmen, werden sie entsprechende Maßnahmen zur Vorbeugung selbst ergreifen bzw. entsprechenden Regelungen und Auflagen Folge leisten.

- Ausweisung von besonders gefährdeten Flächen in Flächennutzungsplänen, Vorschriften zu Baustandards, Regelungen zur Landnutzung und eine nachhaltige Forstwirtschaft.
- Ein absoluter Schutz gegenüber allen Extremereignissen ist nicht realistisch, aber man kann das Restrisiko minimieren und dadurch schwere menschliche und materielle Folgen vermindern.

Über die Begriffe im Buchtitel

Der Begriff „**Qualität**" hat 2 Bedeutungen. Die neutrale Bedeutung der „Qualität" beurteilt die Summe aller Eigenschaften eines Objektes, Systems oder Prozesses.

Der (wertende) Begriff „Qualität" beurteilt die Güte aller Eigenschaften in Bezug auf die Erwartungen. Die Qualität ist umso höher, je vollständiger Erwartungen erfüllt oder (noch besser) übertroffen werden.

Qualität und Moral: Anständig, verantwortungsvoll und gewissenhaft handeln, Zusagen einhalten bzw. Erwartungen erfüllen oder übertreffen – das sind bestimmende Vorgehensweisen, sowohl für Qualität als auch für Moral.

Der Begriff „**Moral**" bezeichnet die tatsächlichen Handlungsmuster, -bräuche, -regeln oder -prinzipien von einzelnen Menschen oder Gesellschaften. Die Begriff Sitte ist weitgehend gleichbedeutend und wird ebenfalls beschreibend gebraucht.

Die **Ethik** ist eine philosophische Disziplin und eine Anleitung zum richtigen Handeln, die sich mit den Grundlagen menschlicher Werte und Normen, des Sittlichen und der allgemeinen Moral befasst und versucht diese zu begründen (Motive, Methoden und Folgen menschlichen Handelns). Oft wird sie auch als „praktische Philosophie" bezeichnet, da sie sich mit dem menschlichen Handeln befasst und definiert, was gut und was böse ist.

Politik bezeichnet die aktive Teilnahme an der Gestaltung und Regelung menschlicher Gemeinwesen.

In der Demokratie hat die Politik die Aufgabe, das Zusammenleben der Menschen optimal zu gestalten und die individuelle Freiheit und die soziale Einbindung des Menschen in die Gesellschaft zu gewährleisten und die Rahmenbedingungen zu schaffen

Der Begriff **„Gesellschaft"** bezeichnet die Gemeinschaft der Menschen, die in einem Staat, einem Wirtschaftsraum leben und wirken. Aber auch das strukturierte und organisierte System menschlichen Zusammenlebens und -wirkens.

Der Begriff „**Wirtschaft**" bezeichnet die Gesamtheit aller Unternehmen bzw. Organisationen, welche materielle und immaterielle Güter (Dienstleistungen) erfinden, entwickeln, planen, erzeugen und verteilen, um den Bedarf zu decken.

Bücher

Diagnose Übermaßunmäßigkeit
Die Gier der Lemminge

252 Seiten, ISBN: 978-3-8370-9571-5
Ein Buch über die Grenzen des Wachstums, über Geld und Gier und über die Unmäßigkeit in Bankkreisen, im täglichen Leben, in der Politik, im Sport und in der Wirtschaft. Das Buch ist auch ein Nachschlagewerk und erklärt wirtschaftliche und finanzpolitische Zusammenhänge und gibt Hinweise für Anlagestrategien. Neben vielen Daten und Grafiken kommen Moral, Gerechtigkeit und Psychologie nicht zu kurz. Der Bestandsaufnahme und der Analyse folgen eine Vielzahl von Lösungsmöglichkeiten für eine bessere Welt für alle Menschen.

Integration von Qualität
Methoden, Werkzeuge und Systeme

212 Seiten. ISBN: 9783839107195
Der Treibstoff für verantwortungsvolles Handeln ist Qualität – Zusagen einhalten, Vertrauen rechtfertigen, Erwartungen erfüllen. Das erfordert die Integration von Qualität in Organisationen und Unternehmen, in Politik und Wirtschaft, Verwaltung und Bürokratie und in die vielen Bereiche des täglichen Lebens.

Ein Plädoyer für das richtige Maß
Ethik, Moral und Qualität in der Wirtschaft, Politik und Gesellschaft

92 Seiten. ISBN: 978-3-86858-566-7
"Ein Plädoyer für das richtige Maß" ist eine kritische Auseinandersetzung mit dem Zeitgeist: Direkt, bissig, Fakten orientiert – und persönlich. Der Bogen spannt sich vom richtigen Maß in der Wirtschaft, Politik und in der Gesellschaft für die Bewältigung der großen Probleme der Menschheit, über das richtige Maß für den Einzelnen für ein gelingendes Leben, bis zum Unbeeinflussbaren – Zufall oder Schicksal.

Wie viel Verrücktheit geht noch?
Warum die Welt so st, wie sie ist

144 Seiten, ISBN 978-3-8423-3639-1
Die Verrücktheit ist keine Erfindung unserer Zeit. Aber sie wird gefährlicher – die neuen Möglichkeiten und die globale Vernetzung machen die Auswirkungen immer gravierender. Die Themenblöcke: Verrücktheit im Alltag, Abzocker unterwegs, Maßlosigkeit und Schuldenmachen, Verrückter Finanzmarkt, Lösungskompetenz der Politik, Versuch einer Ursachenfindung, Charaktere um (in) uns und Geschichten die Hoffnung machen.